Библиотека
АЛИСА

Уредник
ЉИЉАНА М. СИМИЋ

Рецензент
ВОЈА МАРЈАНОВИЋ

Илустрације
МИЛИЦА СИМОЈЛОВИЋ

Ранко Павловић

ЗЛАТНОДОЛСКЕ БАЈКЕ

Рад

ДОБРА ПРИНЦЕЗА СУНЧАНА

Село је смјештено у котлини, окруженој врлет-
ним планинама. С источне стране, високо у небо,
уздиже се Громова гора, готово до самог врха
обрасла шумом. Врх је огољен и каменит, присту-
пачан само орловима. Горе, кажу, никада није сту-
пила људска нога и не зна се какве све тајне крију
окомите стијене чудноватих облика. За љетних
олуја громови силовито ударају у оштре врхове и
цијепају џиновска стабла по цијелој планини, која
је по томе и добила име. Већ у другој половини
јесени највише предјеле Громове горе прекрију
сњежни наноси, задржавајући се понекад и до ка-
сног прољећа. Мећаве често покрену лавине, па се
чини да цијела планина подрхтава под огромним
лоптама снијега и стијења, које би село сравниле
са земљом да их моћним стаблима не задржава гу-
ста шума.

Када уз громогласну ломљаву усови крену низ
стрме планинске косе, понеки старац у селу боја-
жљивим гласом шапће да су се опет узнемирили
дивови у пећинама громогорских врхунаца.

Западно од села облаке раздиру врхови Врлет-
нице, загонетне планине коју само понекад сељани
претражују кратким бојажљивим погледом, не усу-
ђујући се чак ни мислима да кроче у њену дивљи-
ну. Многе приче исплетене су о Вучјој пећини чи-

ји мрачни отвор, у њеном подножју, рањава љетно зеленило или зимску невину бјелину.

Двије планине сасвим би се спојиле, стопиле у једну, да их на јужној страни не раздваја уски, дубоки кањон кроз који хучи ћудљива ријека Мракача, која у јесен и у прољеће сасвим подивља, а љети често остаје без воде.

Планине се на сјеверу удаљавају једна од друге, али некако вијугаво, пратећи ријечни ток, па ни у том правцу поглед не може неспутано да се отисне у даљину. Змијолика котлина довољно је широка да зими све до села пропусти хладни сјеверац који се баш ту ускомеша, узвитла, ражести зато што не може кроз уски кањон несметано на југ. Таласи леденог вјетра силовито нагну уза стрме стране планина, расрђени, својим хладним дахом окивају ледом огољела стабла, пластове сијена, дрвене ограде и куће. Траје то тако данима, понекад и мјесецима, све док се кроз уски кањон доњег тока ријеке не пробију таласи јужних вјетрова. Споро, врло споро топе се леденице са стреха дрвених кровова и разгранатих стабала и тек тада из кућа затрпаних снијегом почињу да излазе људи, нестрпљиво очекујући да се на истоку појаве сунчеве зраке.

Сељани су чак и љети жељни сунца. Овдје јутро почиње у некој благој, млијечној свјетлости. Тек пред подне врхунце западне планине Врлетнице позлате сунчеве зраке, а затим се изнад високих врхова Громове горе појави насмијано сунце и одмах окомитим зрацима обасја село. Његова путања изнад котлине је кратка. Већ послије неколико часова ужарена лопта суноврати се за врхове Врлетнице и село се још дуго купа у бљедуњавој свјетлости, све док не утоне у таму ноћи. За ведрих

6

зимских дана догађа се да сунце тако кратко борави на скученом комаду неба изнад котлине, да сељани тада ништа друго не раде него само стоје испред кућа у жељи да што дуже гледају ријетког госта. Дјеца у селу уопште не знају како могу бити дуге сјенке, какве су у равничарским крајевима када излази или залази сунце.

Село у котлини, између Громове горе и Врлетнице, настало је прије неколико вијекова. У неком далеком крају, који су освојили и поробили туђини, један великаш се толико осилио да је све по реду тукао и из кућа сиромашних људи носио све што су имали. Два човјека то више нису могла трпјети, па једном сачекају тог зликовца и убију га да би своје село спасили напасти. Бојећи се освете, одлуче да одмах бјеже. Узму сјемена свих житарица, поврћа, воћа и свега осталог што су узгајали на својим њивама, покупе нешто ствари из кућа, натоваре на кола сав алат који су имали, поведу нешто стоке и са члановима породица крену на неизвјестан пут. Кад су примијетили да за њима иде већа група туђинских војника, пожурили су. Бјежали су дању и ноћу, све даље и даље, залазећи све дубље у густе планинске шуме.

Гониоци су их пратили у стопу, све док се нису нашли у једној дубокој котлини. Застали су на овећој заравни да се одморе. Када су погледали око себе, језа им је следила крв у жилама. На двије стране двије високе планине. Испод њих дубок понор у коме је хучала ријека. Изнад њих мали комад неба. Чинило се да су ушли у неки дубоки лијевак из кога више није било излаза.

Одлучили су да ту остану, па шта буде. Гониоци су, срећом, застали на улазу у котлину, јер су мислили да онај ко тамо уђе неће моћи да преживи.

Такву дивљину никад нису видјели и, преплашени, ријеше да се врате и да својим господарима слажу да су побили бјегунце.

Чика Пантелија звани Славуј, који је тако лијепо пјевао да му ни најраспјеванија птица није била равна, прича да су досељеници, видјевши у каквој су се мрачној котлини обрели, назвали овај крај Мркодол. Тако и село, које је овдје настало, доби име.

Изнурени досељеници направили су колибе и у њима су се, уз оно нешто хране што су понијели, шумске плодове и уловљену дивљач, полако опорављали. Година за годином, деценија за деценијом и на том мјесту ниче лијепо планинско село.

Мукотрпно су живјели Мркодолци. Кратка и свјежа љета, дуге и хладне зиме. Мало сунца. Нигдје у околини села или града, нигдје никога ко би могао да помогне. Све што им је требало морали су створити својом руком. Руку су имали све више, али се тупио и ломио алат, а нови нису имали од чега да праве. Што више руку, то више и уста која је ваљало нахранити.

Вриједни Мркодолци у почетку су намножили много стоке коју су љети могли лако хранити јер је било доста сочних пашњака. За зиму никада нису могли припремити довољно сијена, па је коња, крава, оваца и коза било све мање. Нису имали оружја и само су понекад у замку могли да ухвате понеког дивојарца или дивљег вепра.

Знали су мудри Мркодолци да у овом суровом крају могу опстати само ако буду узгајали жито, поврће и воће. Али, авај! Прољеће је касно стизало у котлину и сјетва је почињала тек када благо сунце, посљедњих прољетних дана, макар мало загрије планинску земљу. Зима је стизала рано и само понекад плод у засијаним лејама успио би да дозри, тек толико да сакупе сјемена за наредну сјетву.

Што је вријеме више одмицало, живот у Мркодолу постајао је све неподношљивији. Без житарица и поврћа, уз све оскудније обједе, припремљене од оно мало млијека што су добијали од крава, коза и оваца, шумског воћа и дивљачи коју су све рјеђе ловили, Мркодолци онемоћаше. Тужно је било гледати изнурену дјечицу и посивјеле, погурене старце. Људи су се безвољно провлачили кроз шипражје не би ли набрали котарицу јагода, купина или малина. Ако би се у замку и ухватила нека крупна дивљач, нису имали снаге да је савладају. Убрзо су почели да једу младо лишће са дрвећа и да, ријући земљу, траже јестиво коријење. То мало шумских плодова што би успјели да сакупе током љета и јесени, зими су давали само дјеци, па су одрасли још изнуренији дочекивали прољеће. Престали су да обављају узалудну сјетву јер им љетина никад није давала више плодова него што су у земљу убацивили сјемена.

Једног прољећа окупе се стари Мркодолци на вијећање. Најстарији међу њима предложи да се врате у крај одакле су се доселили њихови преци. Можда су зли освајачи већ напустили њихов завичај, а ако нису, сигурно су заборавили да су некад давно она два храбра човјека убила мрског силника који их је злостављао. Најмудрији старац рече да тако изнурени не смију кренути на пут, јер пута заправо и није било. Село је било окружено густим шипражјем кроз које би се могли пробити само снажни и здрави људи. Пошто закључише да излаза нема и да су осуђени на тиху, спору смрт, тужни и безвољни кренуше својим кућама. Управо тада иза Громове горе појави се Сунце. Топло и насмијано, обасу их својом свјетлошћу и топлином.

– Захвалимо се Сунцу што нас је макар по неколико часова гријало и замолимо га да до јесени сваког дана грије нашу дјечицу – предложи један човјек.

Сви стадоше, подигоше главе према небу, отворише широм испијене очи и почеше, свако на свој начин, да моле Сунце да тог прољећа и љета буде племенито према Мркодолцима. Знали су да идућу зиму нико неће преживјети. Остали су тако на пољани све док се Сунце није изгубило иза врхова Врлетнице.

Сутрадан Мркодолце пробуди нека чудесна свјетлост. Прозорчиће њихових кућа озари оку пријатно бљештавило. Све је блистало у сребрнкастом сјају.

Старци први изиђоше на дворишта. За њима похрлише дјеца, а затим и остали. Још снени и збуњени, трљали су очи, а понеки се и штипали да провјере јесу ли будни. Пред њима је, насред села, стајала витка и лијепа дјевојка. Била је у дугој хаљини изатканој од сребрних нити. Њена златна таласаста коса вијорила се на јутарњем повјетарцу. На глави је имала круну у којој је искрило мноштво малих сунаца. Зрачила је неку благу свјетлост која је испуњавала цијелу котлину.

– Ја сам кћи Сунца, принцеза Сунчана – прозбори умилним гласом, а у њеним устима засјаше зуби саздани од најљепшег драгог камења.

Глас јој је био благ и некако љековит, просто је уливао снагу у изможђене људе.

– Мој племенити отац чуо је вашу јучерашњу молитву и цијелу ноћ горко је плакао тако да је

пред њим остала гомила скамењених златних грудвица – говорила је док су јој се низ лице котрљале сребрнкасте сузе.

Уздрхтала тијела Мркодолаца обузимала је блага топлина. Кроз њихове вене брже је заколала топла крв. Погледи су им живнули а осмијеси се вратили на смршала и потамњела лица.

– Мој отац би волио да рано ујутро обасја ваше село и да га својим зрацима грије све до сумрака, али он је немоћан пред високим планинама – рече принцеза Сунчана, а људи крај њених ногу угледаше гомилицу сребрних куглица.

Сјенка сјете се на тренутак навуче на озарена лица Мркодолаца.

– Не тугујте – пожури кћи Сунца да их охрабри. – Мој драги отац одлучио је да вам помогне онако како може.

Чувши то, старци клекнуше и склопише руке на грудима. То за њима учинише и остали.

– Не треба више да молите и захваљујете моме оцу – каза умилним гласом принцеза Сунчана. – Ваша патња била је велика а ваша молба толико искрена да сте већ заслужили очеву милост. Послао је мене да вам помогнем. Од сада, само ће срећа обасјавати ваше село.

Поново се озарише лица Мркодолаца и они, у почетку бојажљиво а затим све храбрије, кренуше према чаробној дјевојци. Сваким кораком њихова тијела постајала су снажнија.

– Потражите скривена сјемена, орите њиве и сијте. Ове године напуниће те амбаре једрим уродом и тако ће бити док је свијета и вијека.

Приђоше Мркодолци принцези Сунчани и видјеше да је њено тијело саткано од згуснуте свјетлости, саздано од сунчаних трептаја.

12

– Не часите ни часа, већ на посао! – рече им она. – Имаћете прилике да ме гледате колико год хоћете. Од сада ћемо мој отац и ја бринути о вама.

Ношени неком новом, необјашњивом снагом, Мркодолци пронађоше црвоточне ралице, упрегнуше коње и волове и пожурише на поља. Браздама изукрпташе њиве и топла, мирисна пара из преоране земље испуни котлину опојним мирисом.

Када се Сунце појави над Громовом гором, принцезе Сунчане нестаде, њено тијело стопи се са свјетлошћу коју је зрачило моћно очево тијело. Иза поднева, чим Сунце замаче за Врлетницу, чудесном чаролијом расплинута свјетлост поново се згусну и Мркодолци насред села угледаше Сунчану. Остала је ту до предвечерја, а онда се расплинула котлином.

Тако из дана у дан, из седмице у седмицу, из мјесеца у мјесец.

Зазелењеше се пољане. Зањихаше се поља зрелог пшеничног класја. Зашумише дебеле стабљике кукуруза. Заметнуше се по баштама крупни сочни плодови поврћа. Поткрај љета заруменеше се јабуке и заплавише шљиве по воћњацима. Радост и пјесма испунише село.

Сваког јутра, принцеза Сунчана појављивала се у селу, увијек на другом мјесту, остајала ту до изласка Сунца, а онда нестајала. Јављала се опет када сунце зађе и остајала до предвечерја. Људи су вриједно радили, а ведрина није силазила с њихових лица.

Те јесени Мркодолци добро напунише своје амбаре.

Тако из године у годину.

Тако до дана данашњег.

– Мркодолци свом селу дадоше ново име – завршавао је своју причу чика Пантелија звани Славуј. – Назваше га Златни Дô, по златокосој принцези Сунчаној. А она, кћи Сунца – настављао је нешто сјетнијим гласом – никада нас није напустила. Ено горе – упирао би кошчатом руком према једној стијени на врху Громове горе – оно је наша спаситељица.

Потом би дуго ћутао, не скидајући поглед са стијене која је обликом личила на дјевојку у дугој, од струка широкој хаљини.

– Принцеза Сунчана није хтела да напусти Златни Дô и Златодолце – више је пјевушио него говорио старац кога су у селу сви звали Славуј. – Када је њен отац одлучио да је уда за Мјесечевог сина, принца Мјесечила, принцеза Сунчана прво се силно обрадовала, а онда, кад је помислила шта би се с нама догодило ако би отишла, одлучно рекла да неће напустити Златни Дô. Отац се много ражалостио. Златокоса принцеза није могла да гледа његову тугу, па се једног прољетног јутра извила у свјетлосни лȳк, тренутак сјајила као дȳга између Златног Дола и врхунца Громове горе, а онда слила у кип раскошне свјетлости и окаменила.

Ту би чика Пантелија опет накратко прекинуо, узео гусле и отпјевао крај приче:

И сад горе на Громовој гори
у камену куца топло срце.
То лијепа принцеза Сунчана,
чекајући сваког јутра оца,
да је љуби својим врелим дахом,
Златодолце обасјава сјајем
и поља им напаја топлотом

да све буја к'о у рајском врту.
Када Сунце оде на починак
и кад Мјесец, несташни делија,
проспе сребро по нашој котлини,
Син Мјесечев, врли Мјесечило,
брзо стигне до своје Сунчане,
па је грли све до зоре рујне.

ПРИНЦ ОД БИЈЕЛОГ ЛУКА

Гдје ли се сада налази, шта ради и да ли је уопште жив Замазанко, Подеранко, Окрпанко или Принц од Бијелог Лука – како ли га све не зову? И, да ли има трунка истине у ономе што о њему прича најстарији Златодолац, чика Тривун звани Крњетак, који је надимак добио по тамносмеђем остатку јединог зуба што тужно самује у мркољубичастој шпиљи која се крије иза његових смежураних усана?

Старији мјештани Златног Дола памте несретног дјечачића. У селу је живјела нека Луда Милева, нијема дјевојка која је ко зна одакле дошла и остала ту, међу планинама. Љети и у јесен лутала је и хранила се шумским плодовима. Спавала је на шталским таванима или у пластовима сијена. Прије него што би тешки сњегови затрпали Златни Дô, скупљала је по пољима и воћњацима затурене клипове кукуруза, ситне кромпире, већ свенуле воћке и све то односила у Вучју пећину у подножју Врлетнице. Дим, који се за зимских дана извијао из њеног станишта у дивљини, био је једини свједок знатижељним Златодолцима да је жива и да одолијева оштрим планинским мразевима.

Када су једног љета у Златни Дô стигли трговци сољу, Луда Милева с једним од њих затрудње и под крај наредне зиме роди дјечачића румених обра-

16

шчића и црних очију које су личиле на два грумен-
чића угља.

Дјечак је брзо растао, много брже него остала
дјеца у Златном Долу. Већ у седмом мјесецу про-
ходао је, а у деветом почео да говори. Мајка га ни-
је крстила па није имао име, а како је увијек био
умазан блатом, прашином и соком шумског воћа
које је јео, назваше га Замазанко.

Једног љетног дана, када су дјечаку биле двије и
по године, кроз село наиђоше Цигани. Крај Гаври-
ловог врела поставили су шаторе и испред њих се-
љанима крпили суђе, поправљали дотрајалу обућу,
од јошиковог дрвета правили вретена и преслице,
а увече их забављали веселом циганском музиком.
Луда Милева је по цијели дан обилазила око њихо-
вог логора, а Замазанко се играо с малим Циган-
чићима, већ трећег дана изговарајући понеку ријеч
на њиховом језику. Петог дана је заједно с њима
пјевао, ударајући дрветом о дрво по такту разузда-
не мелодије.

Тек трећег дана по одласку Цигана, Златнодол-
ци су запазили да нема малог Замазанка. По ту-
жном лицу Луде Милеве закључили су да је оти-
шао с чергарима.

Никад се више није вратио у Златни Дô, а Луда
Милева је наредне зиме нестала.

Много година касније, чика Тривун звани Кр-
њетак испричао је необичну причу у коју су Злат-
нодолци повјеровали, јер су заиста вољели Зама-
занка.

Све је, по чика Тривуновим ријечима, почело
оног дана када је, недалеко од царских коњушни-
ца, принцеза Равијојла срела једног збуњеног мла-
дића.

17

Скренувши с пошљунчане стазе, лаганим затезањем узде принцеза заустави свог виткогоног Чилаша. У трави иза бујног жбуна, налакћен на десну руку, лежао је висок, црнокос младић. Његове продорне очи укочише се кад пред собом угледа прекрасну принцезу. Мада је већ дуго био у близини царског двора, Равијојлу је само једном видио. Скривен у сијену на шталском тавану, вирнуо је тада кроз мало размакнуте даске таванског пода и кратким погледом окрзнуо њену златасту пунђу. Сада је сједјела на коњу пред њим, удаљена само неколико корака, сјајнија од злата, љепша од виле. Очи су јој биле бистрије од најбистријег планинског извора. Руке дуге, њежне. Кожа мека, свиленаста. Лице је блистало сјајем сребрнкасте мјесечине.

Младић је лежао укочен, одузет, без даха. Тек послије неколико тренутака, који су њему изгледали дужи од вјечности, успио је на брзину да прекрије крпом оно што се пред њим налазило и да хитро устане. Стајао је као кип, као витки колац пободен у земљу.

– Ко си ти? – прва је проговорила принцеза.

Нијем, разрогаченим очију и широм отворених уста, младић је ћутао као упецана риба.

– Питала сам ко си – принцеза Равијојла мало повиси глас.

– Ни... нико – промуца преплашени младић.

– Како ти је име? – упита принцеза блажим гласом.

– Ни... никако – једва изусти.

Принцези би жао што је толико збунила и преплашила младића чију су љепоту прекривале окраћале панталоне и тијесна тамна кошуља, препуна разнобојних изблијеђелих закрпа. Сјаха с Чилаша и приђе му лаким кораком.

– Не бој се – прошапта и дотаче њежним прстима његову, од тешких послова огрубјелу руку.

Младић претрну и сав се стресе. Рука му је горјела неким чудним жаром, а срце грувало као вашарски бубањ.

Принцеза рашири дугу свилену хаљину боје прољетног маслачка и спусти се на траву, па повуче и младића који бојажљиво сједе крај ње.

– Мораш бити неко и мораш имати име – охрабри га гласом пуним искреног повјерења.

– Ја... Ја сам... коњушар и... и....

– Настави, настави – шапутала је Равијојла.

– Тимарим царске коње, а највише волим вашег Чилаша.

Принцеза се насмија, показујући два низа бисера у својим малим, округлим устима.

Кад га је топлим погледом и благим ромором свог гласа ослободила страха, младић рече да заиста не зна ко је и како се зове. Онда јој исприча своју причу.

Када је имао двије и по године неки Цигани су га оставили крај царских штала. Ту су га, уплаканог и гладног, нашли коњушари и одвели у своје двориште, међу оне кућице што су се шћућуриле тамо иза прекрасних царских коњушница. Рекао им је да се зове Замазанко, на што су се сви слатко насмијали.

– Од данас ћеш бити Подеранко – рекао је тада горостасни Аврам, грохотом се смијући и показујући на његову ритаву одјећу.

Кад су, касније, коњушарске жене искрпале његове панталоне и кошуљу, начичкавши их разнобојним закрпама, надјенуше му ново име – Закрпанко, и тако је остало до данас.

Остао је да живи с царским коњушарима. Помагао им је у послу. У почетку им је дохватао чешагије, узде и друге лакше ствари, а кад је поодрастао чистио је штале, износио ђубре, прао јасле, доносио сијено са тавана, сипао зоб у зобнице, цијепао и уносио дрва, прао коњушарску обућу... Радио је по цијели дан најтеже послове.

Спавао је на шталским таванима, ушушкан сијеном. Старјешина царских коњушара за њега није смио знати, па се стално скривао, а и данас то чини. Давали су му и дају да једе оно што иза коњушара остане, а коњушарске жене перу и крпе дотрајалу одјећу својих синова и мужева и дају је њему. Нико ни сада не зна да он ради у царским коњушницама, па не добија плату, храну и одјећу.

– И тако, ваша висости, не знам ни ко сам ни шта сам, али сигурно знам да сам истовремено и Замазанко, и Подеранко и Закрпанко.

Принцезине очи се овлажише и она благо провуче руку кроз његову куштраву косу боје гаврановог перја.

– А ово, шта је ово? – показа руком на замотуљак који је лежао у трави.

– То... то није ништа, то... – замуца и сагну се да дохвати оно што је било замотано у ланену крпу, па се његова глава примаче Равијојлином лицу.

– Ооо, какав то диван мирис осјећам из твојих уста? – упита принцеза.

– То... то... То не смијете... То страшно смрди...

Подеранко је шчепао замотуљак и чврсто га држао у рукама.

– Тај мирис... Могу ли да видим шта кријеш у замотуљку? – молила је принцеза.

– Никако! – врисну је Подеранко. – Када би његово величанство, ваш отац... Он би ме убио.

Принцеза Равијојла знала је тако умиљато да моли да њеним молбама нико није могао одољети. Закрпанко на крају попусти, спусти замотуљак на траву и размота крпу.

– Коњушари ми дали... Остало им иза ручка... Кукуруза и бијели лук.

Кад спомену бијели лук, заколута очима као да је споменуо змију отровницу.

– Бијели лук? Кукуруза? Шта је то?

– Кукуруза је хљеб од кукурузног брашна, за слуге, а бијели лук, чешњак... Његово величанство, ваш отац... он, кажу, полуди када се спомене бијели лук.

– Могу ли добити мало кукурузе и бијелог лука? – љубазно замоли принцеза.

– Не! – врисну Закрпанко. – То није храна за царску породицу. Од кукурузе би вас заболио стомак, а мирис бијелог лука би се, када бисте појели само један чешањ, осјећао по цијелом двору. И онда би цар... Он би вас питао... И ви бисте морали рећи... и он би побио све коњушаре...

– Не брини, знам да чувам тајну – рече принцеза и поче да моли Закрпанка да јој да макар један залогај кукурузе и један чен бијелог лука. А њеним молбама – рекосмо већ – нико не може да одоли, па ни Закрпанко који јој примаче крпу са својим скромним обједом. Равијојла одломи комадић кукурузе, стави га у уста и поче да жваће.

– О, како је ово укусно – закликта одушевљено. – Кукуруза је укуснија и од најљепше торте. – Затим узе чешањ бијелог лука који јој је очистио Закрпанко. – О, о, о, какав прекрасан мирис! Какав чаробан окус! Ово је најљепше и најукусније што

сам до сада јела. Хвала ти од срца! Ово ти никад нећу заборавити. Обећавам...

Прекину је топот коњских копита. То су дворјани, забринути што дуго нема принцезе, пошли да је траже.

Закрпанко шчепа крпу с кукурузом и бијелим луком и шмугну у грм.

– Сутра у исто вријеме буди овдје – прошапта принцеза, брзо устаде, узјаха Чилаша и одјаха.

Тог дана у царској палати, за ручком – како се прича – принцеза Равијојла није хтјела да једе, да не би кварила дивни укус бијелог лука. Царица Жаклина, поријеклом с француског двора, страховала је да се њена љубимица разбољела, а цар Радан је озбиљно извијао густим обрвама.

Сутрадан се Равијојла поново нашла са Закрпанком иза истог оног грма и сладила се повећим комадом кукурузе уз који је појела цијелу главицу бијелог лука.

– Баш се коњушари хране укусним јелима – рекла је принцеза. – Веома сам ти захвална, драги мој... драги мој... ма, не могу да те зовем тамо некаквим Замазанком, Подеранком или Закрпанком... Ти ћеш од сада бити... ти ћеш бити... бити.... бићеш Принц од Бијелог Лука! – ускликну радосно.

Опет су наишли дворјани, Принц од Бијелог Лука морао се сакрити, а принцеза Равијојла хитро је узјахала Чилаша.

Нешто касније, за царским ручком, принцеза није могла ништа да окуси. Царица Жаклина озбиљно се забринула, па је послала по царског љекара. Цар Радан пришао је својој кћерци да јој пипне чело и провјери није ли у врућици. Када је примакао своје лице њеном да је пољуби, одједном је проблиједио, па поцрвенио, па позеленио, па поново проблиједио, тако да су му образи изгледали као двије испране крпе.

– Би... би... бијели лук! – сиктао је с гнушањем. – Ссстрррашшшно! Моја кћерка и бијели лук! Ужжжасссно!

Викао је, затим молио, па опет галамио, клечао на кољенима, преклињао принцезу Равијојлу да му открије гдје је нашла чешњак, али она није хтјела ништа да каже.

Цар Радан се толико ражестио да је позвао све војводе и наредио да царска војска прегледа сваки кутак његове царевине и уништи сав бијели лук. Да му затре сјеме! Давно је он био наредио да се престане с узгајањем бијелог лука, јер његов мирис царица и он нису подносили, али је очито неко од поданика био непослушан. Разиђе се војска по цијелој царевини, уђу осорни војници у сваку кућу, претраже све вртове, завире у све амбаре, али нигдје ништа не пронађу.

Чуо је за то Закрпанко па се силно уплашио. Не за себе колико за принцезу Равијојлу. И за коњушара Симеуна који је, на њивици искрченој усред шуме, недалеко од царског двора, узгајао бијели лук. Оде на онај таван коњушнице гдје је Симеун скривао чешњак, а било га је много, сплетеног у вијенце, да би се могла натоварити пуна велика царска кола. Дуго је размишљао како да га уништи, али ништа није смислио. Да га спали, одао би га мирис. Да га баци негдје на сметљиште, могао би га неко видјети. Мислио, мислио, па коначно смислио. Отишао је у шуму и ископао дубоку јаму, коју је обложио сувом сламом. Када се смркло, похитао је да с тавана сав лук пренесе у шумско скровиште.

24

Принцеза се и даље тајно састајала с Принцом од Бијелог Лука, јела кукурузу и чешњак, али не много, да би касније могла да руча.

Закрпанко и принцеза толико су се зближили и завољели да су једва чекали тајне састанке. Дуго су причали, смијали се и, све чешће, држали се за руке. Закрпанко је и сам почео да пере своју одјећу, тако да су закрпе на његовим панталонама и кошуљама биле некако љепше, дјеловале свечаније.

У јесен, цар Радан позва своју кћерку и рече јој да је вријеме за удају. Удаће се, како и доличи лијепој и паметној принцези, за принца неке велике царевине.

– Драга моја кћери – рекао је свечаним гласом цар Радан – просе те принц од Калопере, принц од Љубичице, принц од Перунике, принц од Бегоније, принц од Петуније... Не зна се који је од кога љепши, ко богатији, ко моћнији.

– Нећу ниједног! – одбруси принцеза стишћући песнице боје слонове кости и љутито ударајући ногама.

– Али, кћери моја, ти се мораш удати.

– Удаћу се.

– За кога од њих? – озарило се царево лице.

– За Принца од Бијелог Лука!

Опет је цар Радан проблиједио, па поцрвенио, па позеленио, па посивио. И наваљивао је да принцеза каже ко је тај Принц од Бијелог Лука, увијек се згражавајући када спомене то име, али Равијојла ништа није хтјела да каже.

Забрине се цар и нареди да је више не пуштају из царске палаче.

Туговала принцеза у свијетлим царским одајама, туговао Принц од Бијелог Лука у тами свога тавана.Туговали, али се цару нису могли супротставити.

Чуо – како прича каже, а чика Тривун звани Крњетак често приповиједа – за цареву намјеру да уда своју кћерку вампир Зубан. Он се дању скривао у Вучјој пећини а ноћу ловио жртве којима је испијао крв. Одлучи Зубан да Равијојла буде његова. По својим поданицима поручи цару Радану да спреми богату свадбу, а он ће за десет дана, тачно у поноћ, долетјети са својим сватовима, међу којима ће бити и јато ватрених змајева. И – поручивао је даље – нека се цар не шали својом и принцезином главом па да освијетли палачу свијећама и лампионима. Нека је обасја златом и драгим камењем. Вампири не подносе свјетлост, па нека добро утуви у главу шта му поручује његов будући зет.

Уплашише се цар и царица, наста невиђена паника. Нареди моћни владар да се око дворца подигне висока ограда и да се палача опаше са десет редова добро наоружаних најхрабријих војника. Није јадни цар знао да вампири пролазе кроз ограду и да их ништа не може убити осим глоговог коца, ватре и дањег свјетла.

У заказано вријеме ето ти Зубана с чудним сватовима. Прекрилише звјезданао небо змајеви, зашиштише око дворца вампири, зацвилише вукодлаци, задречаше дрекавци. Преплашише се војници и побацаше оружје, па почеше да бјеже главом без обзира.

Срећом, међу дворјанима био је неки старац Вукан кога нико није примјећивао нити шта питао. Он је, чувши за Зубанову поруку, данима око дворца разносио велике пластове сламе и сијена. Кад су се, уз страшну буку, појавили чудни сватови, запалио је сламу и сијено и зачас се извио пламен висок до неба. Уплашивши се, Зубан је побјегао са својом страшном братијом.

Већ сутрадан поручио је цару Радану да ће поново доћи за пет дана, опет тачно у поноћ. Ако опет приреди непријатно изненађење, огњени змајеви усмјериће пламен ватре на дворац па ће се палача и сви у њој претворити у пепео.

Забрине се цар Радан још више и позове старца Вукана да га упита шта да чини.

– Бијели лук! – рече мудро старац Вукан.

– Бијели лук! – загрцну се цар Радан, па проблиједи, али није имао времена да поцрвени и позелени.

– Опашите, ваше величанство дворац вијенцима бијелог лука. Нека мајстори изнад палаче направе дрвену мрежу и нека преко ње такође ставе вијенце бијелог лука. Вампири се боје једино бијелог лука и када то види, Зубан ће одустати од своје намјере.

Захвали цар старцу Вукану и богато га награди, а онда нареди да истог дана војска крене у сва села царевине и донесе сав бијели лук који пронађе. Увече се вратише уморни војници празних руку.

– Бијелог лука нигдје нема, ваше величанство – бојажљиво саопшти главни војвода царске војске.

– Знате да сте наредили да се уништи чак и сјеме бијелог лука у цијелој царевини.

Размишљао дуго цар шта да ради, па се присјети да је и раније био донио наредбу да се уништи сав бијели лук, али да га је ипак неко узгајао.

– Разиђите се по цијелој царевини – нареди гласницима – и обзнаните да ћу ономе ко ми донесе два товара бијелог лука дати принцезу Равијојлу за жену.

Увече се вратише уморни гласници и саопштише да нигдје нема бијелог лука.

Тужни цар је преплакао цијелу ноћ у својој одаји, а ујутро, помирен са суровом судбином, нареди да се почне припремати свадба онако како је вампир Зубан тражио. Хтио је окупљеним дворјанима још нешто да каже, али га прекиде нека галама. Видје како снажни војници држе неког младића који се отима и виче.

– Шта се догађа? – упита цар сломљеним гласом.

– Овај одрпанко жели до вас – рече неко.

– Заточите га – одамахну цар Радан руком, а онда, ко зна зашто, проциједи једва чујно: – Ипак га доведите.

Гурнуше пред њега младића који је био у раздераној одјећи, пуној разнобојних закрпа.

– Ја ћу, ваше величанство, донијети три товара бијелог лука – рече задихан и пред царем паде на кољена.

– Спаситељу мој! – бљеснуше цареве очи, али му се поглед брзо смрачи кад видје за каквог ће се одрпанца удати његова лијепа кћерка.

Закрпанко – а то је био он – рече да се у шуми, недалеко од дворца, налази много вијенаца бијелог лука и затражи неколико људи да му помогну.

Мајстори брзо направише дрвену решетку изнад палате, а око дворца пободоше у земљу много високих стубова. Дворјани су неколико пута са Закрпанком ишли у шуму и доносили вијенце бијелог лука. До вечери је цијели царски двор био заштићен чешњаком.

У заказану ноћ, пространа царска трпезарија била је пуна разних укусних јела и све је у њој блистало од златног прибора за јело и драгог камења.

Дворац је био у мраку, јер је тако наредио вампир Зубан.

Тачно у поноћ поновила се она застрашујућа бука коју су сви били добро запамтили.

– Коначно се опаметио цар Радан – ликовао је Зубан. – Нигдје свјетла, нигдје ватре. Принцеза Равијојла од ноћас ће бити моја. Прво ћу јој исиса̍ти топлу царску крв, а онда, када и она постане вампирица...

Није завршио мисао. Не претпостављајући шта га чека, устремио се из небеских висина према царској палати. Јурио је као звијезда падалица, а својој чудној братији дао знак да се сви зауставе и врате у своја мрачна скровишта, јер је вјеровао да му нико неће бити потребан.

Понесен срећом – ако вампири уопште могу осјећати срећу – Зубан није видио дрвену решетку пред собом и на њој вијенце бијелог лука, па је свом силином ударио у изненадну препреку. Не од ударца, јер вампири не осјећају бол и могу пролазити кроз чврсте предмете, већ од мириса бијелог лука захватила га је таква вртоглавица да се, онесвијешћен, сурвао у разгорјели огањ. Они који су били у близини даскама прекривене ватре коју су били сакрили од вампировог погледа с неба, видјели су само огроман љубичасти пламен који се извио до звјезданог неба.

Страшни вампир Зубан претворио се у дим и расплинуо у нигдину. На царском двору настало је велико славље. Упаљено је на хиљаде свијећа и лампиона. Гости, пристигли из многих царевина, до тада скривени у подрумима, ишетали су у кристалне царске дворане.

Цар Радан наредио је да принцезу Равијојлу, коja ништа није знала о ономе што се посљедњих дана догађало, обуку у вјенчаницу ткану од танане златне жице и украшену сафирима, рубинима и ко зна каквим све још драгим камењем и доведу у свечану салу. Такође је наредио да за Закрпанка нађу најљепшу царску одору.

Нешто касније, сви су сједјели у свечаној сали, за дугим раскошним столом. На челу, крај цара Радана, био је Замазанко, Подеранко, Закрпанко, како ли се све не зове, који је, у новом руху, блистао од љепоте. Чекала се још само принцеза Равијојла.

Ушла је тужна јер је знала да је отац удаје за неког ко није прирастао њеном срцу. Мислила је на свог несретног и усамљеног Принца од Бијелог Лука, који је тада, како је вјеровала, чамио у тами свога тавана. Насмијешила се, наклонила, погледом окрзнула све госте и само овлаш погледала свог будућег мужа који је блистао у прелијепом руху уз скуте њеног оца. Није примијетила да ли је висок или низак, лијеп или ружан. Није је то уопште интересовало, јер у мислима јој је био само њен Закрпанко.

Било је тужно у свечаној сали царског двора зато што је била тужна принцеза Равијојла.

Зашто је оборила поглед и зашто су јој очи тако сјетне? Можда зато што се удаје за једног одрпанца који још није успио да постане ни царски коњушар? Зашто је морао да излази пред цара? Зашто једноставно није донио онај проклети бијели лук пред дворац и побјегао некуд, да не квари принцезину срећу?

Растрзан тим и другим црним мислима, Закрпанко се искрао из дворане када је засвирао царски оркестар и кад су се дивни звуци музике расули по палати као бисери из покидане огрлице.

Отишао је на свој таван, збацио са себе царско оди-
јело и обукао своју одјећу, пуну разноврсних закрпа.
Када се спремао да се завуче у сијено, чврсто одлу-
чивши да сутрадан, рано, заувијек напусти царске
коњушнице, одједном се досјети да га принцеза мо-
жда није препознала.

Појури као да је добио крила и крај запањених
дворјана ускочи у свечану дворану. Сви се окрену-
ше према њему, видјевши га у ритама и чудећи се
необичном госту.

Кад га је угледала, принцеза Равијојла је скочи-
ла и као муња дојурила до улазних врата. Објесила
се Закрпанку око врата и дуго га љубила.

– Мој Принц од Бијелог Лука! – понављала је
усхићено.

По принцезиној наредби, царски кувари су ис-
пекли товар кукурзних хљебова, а дворјани су на
трпезу ставили много вијенаца бијелог лука. Свад-
ба је трајала седам дана и седам ноћи. Кажу да су
царица Жаклина и цар Радан тек седмог дана по-
чели да једу бијели лук.

ЗМАЈ ОГЊИЛО, ЉЕПОТИЦА РАДЕНКА И ХРАБРИ ИСАИЈЕ

Змајеви су некад походили Златни Дô, још у оно давно вријеме када се ово село, уклијештено између двије врлетне планине, звало Мркодол. Ако је вјеровати чика Јевросиму званом Пјевач, онда је једном страшни змај Огњило уграбио и у своје скровиште однио лијепу Раденку. А коме ћете вјеровати ако нећете Пјевачу, који је још у младости добио надимак по томе што је идући кроз село увијек пјевао тако гласно да се цијела котлина орила?

Прича о страшном змају Огњилу и љепотици Раденки, у коју ће се касније уплести храбри младић Исаије, без кога она уопште не би била занимљива, зауставља дах код слушалаца.

Змајеви су живјели на Змајевцу, како се и данас зове она мала зараван високо на Врлетници, иза које се, кад се гледа одоздо из села, наслућује мрачни улаз у велику пећину. Мркодолци су их ријетко виђали. Као да су с њима имали прећутни договор, нису угрожавали људе. Понекад су долијетали у мањим јатима и са пољана односили понеког вола, овна или јарца. Догађало се то ријетко, јер у околини није било других змајева, па су одлазили у многа села, никад у иста и у истој години.

Само два пута годишње, једном дању а други пут ноћу, страшни господари планине и неба приређивали су своје забаве и тада се ледила крв у жилама сваког Мркодолца који би их видио. Дјецу су обично склањали у куће.

Првог дана љета, најдужег дана у години, чим би сунце извирило изнад врхова Громове горе, небо би прекривало велико јато разузданих змајева. Летјели су на све стране, суновраћали се према долини, извијали се високо под небо, кружили над обје планине. Онда су, спуштајући се ниско, надлијетали село у коме су преплашени људи осјећали језу кад би их дотакле сјенке немани. И тако све док сунце не би зашло за Врлетницу. Тада су се из јата издвајала два или три змаја. Кружили су над њивама док не изаберу најкрупније волове и овнове. Рика и блејање јадних животиња, док су узалуд покушавале да се отму из канци ала, дуго је болно одјекивала котлином. Кад би се змајеви с плијеном повукли на Змајевац, селом је дуго владала мукла тишина.

Негдје срединском љета, у ведрој ноћи без мјесечине, змајеви су под звјезданим небом приређивали прави бал који је трајао све до зоре. Већ у сумрак Мркодолци су уочавали неку чудну живост на Змјевцу. Чинило се да горе на заравни тиња на десетине пригушених ватри. Када би ноћ овладала цијелим крајем, све би се стишало, а онда се на небу појављивало огромно јато змајева које је личило на велики тамни облак. Мало затим змајеви су, расплињавајући се небеским пространством, почињали да ригају ватру из ноздрва. У почетку необуздани пламенови брзо су се уобличавали у румене снопове који су јарком свјетлошћу парали небо. Зачудо, тада нико није осјећао страх. Гледана одоздо из долине, та несташна игра личила је на величанствени ватромет, на веселу забаву која се дуго памти. Тек када би на источној страни млијечно бљедило почело да осваја тамномодру чоју неба с мноштвом сребрнкастих звијездица, змајеви су се у мањим јатима враћали на Змајевац, а Мркодолци одлазили у своје постеље.

Тако из године у годину, и ко зна докле би трајало то необично друговање змајева и Мркодолаца, да једног дана страшни Огњило, док се стреловито спуштао да зграби највећег бика у селу, није угледао прелијепу Раденку.

Змај Огњило се одметнуо од јата. Намргођен, увијек спреман на свађу, кршним стасом и снагом надмашивао је све змајеве на Змајевцу. Набијен бијесом, никада није могао спутати ватру у ноздрвама, па је из њега избијала и онда када је спавао. Пронашао је неку пећину на другој страни Врлетнице и тамо се настанио, избјегавајући сусрете са својом сабраћом. Сам је одлазио у лов, у нека удаљена села, тако да га Мркодолци нису видјели до оног дана кад се устремио на њихово село.

Угледавши Раденку, заборавио је на бика према коме се био устремио, и спустио се пред запањену дјевојку. Љепша од горске виле, Раденка је имала красну косу тако да се чинило да јој је неко на главу ставио повјесмо златне пређе. Поља расцвјетаног лана подарила су боју њеним очима које су биле дубоке као море. Лице обло, боје слонове кости, с пјегицама руменила на јагодицама. Уста мала, округла, слична располовљеној сочној вишњи. Тијело витко, лијепо обликовано, као да га је свемоћна природа извајала из громаде стврднуте морске пјене. Да није, преплашена, дрхтала као јасика на повјетарцу, могло би се помислити да је ту изникла из земље и стопила се с травом и пољским цвијећем као украс на баршунастој хаљини успаване принцезе из бајке.

Пред њом је, затечен изненадним сусретом, дрхтао змај Огњило. Најсличнији гуштеру-зеленбаћу, буљио је у љепотицу црвеним очима великим као два округла хљеба. Глава му је била огромна, као овеће теле. Из разјапљених чељусти надирала је пјена а из ноздрва су лизали врели пламенови и шикљао загушљив дим. Снажне ноге завршавале су се великим прстима на чијим су се врховима цаклиле оштре канце. Тијело крупно као подужи дебели трупац, прекривено грубом кожом, пуном неких иглица, завршавало се тупастим репом, дугим пет-шест корака.

– Ти – подигао је предњу десну шапу и уперио је према Раденки, пребацивши сву тежину тијела на лијеву ногу, пресавијену у кољену – ти – кркљао је људским гласом – ти ћеш бити моја жена!

Треснуо је десном ногом о земљу која је уздрхтала. Дебелу кожу на његовом ружном тијелу подлила је крв, па су се појавили тамносмеђи колутови, учинивши змаја још страшнијим. Из ноздрва су шикнула два пламена и почела да прже траву и цвијеће пред њим.

– Сутра долазим по тебе – шиштао је промуклим гласом, а иза сваке изговорене ријечи из ноздрва је испадало ужарено угљевље. – Сутра у подне чекај ме на овом мјесту!

Рекавши то, рашири моћна крила, на којима је подрхтавала прозирна кожа, разапета на крупним костима, па замхну њима неколико пута, тако снажно да су се трава и околно жбуње почели да повијају, као кад изненада наиђе талас олујног вјетра.

– Немој покушавати да се сакријеш – обрати се дјевојци пријетећим гласом. – Ако то учиниш, цијело село претвориће у паклени огањ.

Полети нагло пут Врлетнице. Кад је био већ високо, сјети се зашто је био кренуо у Мркодол, па се стреловито стушти према пољани на којој је пасао велики бик, шчепа га канцама и брзо се с плијеном вину према небу.

Кад јој се снага врати у обамрло тијело, Раденка пожури у село. Оцу на самртној постељи грцајући исприча шта се догодило. Немоћан да било шта учини, старац само склопи очи, а лице му искриви болан грч. Раденкина мајка умрла је одмах по њеном рођењу, па је она, чим је мало поодрасла, почела да брине о болесном оцу. Никога нису имали да с њим подијеле радост и тугу, срећу и бол. Тако ни сада нису знали коме да се обрате за савјет или ријеч утјехе, али су се сељани, видјевши шта се догодило, убрзо и без позива окупили у њиховој кућици.

Почели су да вијећају о томе шта је најпаметније да учине. Неко предложи да дјевојку сакрију, али се други побунише, подсјећајући да је Огњило рекао да ће цијело село спалити ако га сутрадан у заказано вријеме Раденка не буде чекала на уреченом мјесту. На крају закључише да се не могу борити против моћне немани и да је најбоље да дјевојка поступи онако како је то Огњило захтијевао. Боље је да она оде, него да страда цијело село.

– Нека буде како мора бити – рече тужни отац слабашним гласом, пуним очајног безнађа.

– Ја не дам Раденку! Борићу се с Огњилом!

Старци који су вијећали окренуше се и угледаше Исаија, високог, тамнокосог младића, чије је лице зрачило неком чудном одлучношћу. Неки се кисело насмијаше, мада им није било до смијеха, замишљајући како би изгледала та неравноправна борба између грдосије која рига ватру и крхког људског створења. Једва су успјели да га убиједе да одустане од своје намјере, увјеривши га да ће тако заштитити и Раденку и село, а он остати међу живима.

Мркодолци су одавно примијетили да се љепушкасти Исаије загледао у наљепшу дјевојку у селу. Раденка се припремала да затражи очев благослов и да се уда за Исаија, али је Огњило својим доласком прекинуо њен недосањани сан.

Послије вијећања, старци се разиђоше. Поведоше са собом и тужног Исаија. Раденка клекну крај очеве постеље, стисну његову дрхтаву руку, прислони лице на његове смежуране образе и натопи их врелим сузама. Није могла дуго да гледа очево лице изобличено болним грчевима, па одјури у своју собу и тамо се закључа, препуштајући се горком плачу. Цијеле ноћи у мислима су јој одјекивали очеви болни ридаји и Исаијев одлучни глас, међусобно се преплићући и стапајући у кошмарни ковитлац из кога није било излаза.

Кад је освануо нови дан Раденка обриса сузе, изиђе из своје собе и упути се очевом кревету. Ту затече укочено, хладно очево тијело, али не заплака. Можда је и боље тако, помисли. Нека се јадник смирио, да не гледа како одвратно чудовиште односи његову кћерку јединицу. Знала је да ће послије њеног одласка племенити Мркодолци достојанствено сахранити оца и при тој помисли тијелом јој шумније закола дотад слеђена крв.

Врати се у своју собу и из дјевојачког ковчега извади најљепше рухо, оно што је хтјела да обуче када се буде удавала за Исаија. Уми се, почешља и обуче, па приђе ведрици пуној воде и на намрешканој површини угледа свој лик. Би јој некако –

ко зна зашто – криво што је тако лијепа. Да је ружнија, можда би је Огњило оставио на миру.

Плашећи се да ће бризнути у плач, брзо изиђе из куће и, не осврћући се, крену према пољани. Пошла је много раније јер је жељела да избјегне нове сусрете с Мркодолцима и поздрављање које би било тужно и болно.

Касније, начичкани на прозоре својих кућа, Мркодолци су гледали како храбра дјевојка, у свадбеном руху, стоји насред пољане и чека оно што јој је судбина намијенила. Тачно у подне стреловито је дојурио страшни Огњило, шчепао Раденку и винуо се пут Врлетнице.

Тог и неколико наредних дана нико у селу није видио Исаија. Мркодолци нису могли ни наслутити да је он, изашавши послије вијећања из Раденкине куће, одјурио својој, потрпао у торбу нешто хране, кришом узео највећи и најоштрији нож и кренуо на пут. Родитељима је рекао да иде у удаљени град, гдје ће потражити било какав посао и да ће се вратити када заради довољно да могу саградити нову кућу.

Исаије није рекао истину. Он се, с торбицом преко рамена, умјесто дугим путем према граду, запутио стрмином ка ријеци Мракачи. Био је чврсто одлучио да оде до Огњилове пећине и да покуша спасити Раденку, ма шта се догодило. Живот без вољене дјевојке није могао замислити, па се зато ничега није плашио.

Прешавши те вечери ријеку, пуне три ноћи и три дана Исаије се пентрао уз Врлетницу. Провлачио се кроз бодљикаво жбуње и густе сплетове купинових врежа, заобилазио грмове врзине и бокоре високе коприве, успињао се уз окомите стијене, хватајући се голим рукама за оштре ивице камења и шибље пуно трња, али није поклекнуо. Грабио је напријед, не знајући да ли иде у правом смјеру, ни гдје се налази Огњилова пећина. У почетку је рукама штитио лице од гранчица и павити на које је наилазио, а касније је, да не би губио вријеме, безглаво срљао не марећи што је из бразготина по његовом челу и образима липтала врела крв.

Знао је да мора ићи уз брдо и да ће тако стићи до Змајевца, а ондје ће прећи на другу страну планине, јер је тамо негдје скривена Огњилова пећина. Ноћу је гледао у звијезде, а дању према Мркодолу и тако одређивао гдје се налази. Ријетко је застајкивао да поједе комадић већ стврднутог кукурузног хљеба и главицу црног лука, а још рјеђе да мало одспава на мекој маховини испод неког разгранатог стабла. Изгубљену снагу надокнађивао је берући успут зреле плодове купине, малине и боровнице, којих је на планини било у изобиљу. Под влажним прошлогодишњим лишћем вјешто је проналазио бијеле млијечне печурке које могу да се једу и пријесне.

Трећег јутра обрео се на ивици Змајевца, па је, да га тек разбуђени змајеви не би примијетили, одмах кренуо десно и брзо се увукао у густиш. Не верући се више уз брдо, ишао је брже и лакше, знајући да ће у широком луку истог дана стићи на другу страну Врлетнице. И заиста, поткрај дана, застао је запањен. Погледавши према западу, открио је до тада му непозната, нова широка пространства која ниједан Мркодолац није видио. Не препуштајући се љепоти која се пред њим изненада отворила, окренуо се и горе, изнад себе, угледао мрачни отвор окружен зеленилом. Узбуђено срце говорило му је да се баш ту, иза мрачних уста пећине, налази Раденка.

Одједном је из његовог тијела нестало умора, као да га је нека невидљива рука однијела у нигдину. Полако, провлачећи се кроз шибље, пазећи да му под ногама не пуцкетају гранчице које су прекривале травуљином обраслу земљу, у широком кругу обилазио је пећину, намјеравајући да се прикраде њеном отвору и да, скривен тамом, завири унутра. Плашио се да ће му срце искочити из груди када угледа Раденку, ако је још уопште жива.

Баш када је сунце залазило за врхунце неке тамо далеке планине, Исаије је био у густишу на десетак метара од тамног отвора. Шћућурен и добро сакривен у густом жбуњу, чекао је да тама покрије цијелу планину, па ће се онда, шуњајући се попут мачке, прикрасти пећини и завирити унутра. Управо тада нешто је зашумило на небу изнад њега. Подигао је главу и угледао огромна Огњилова крила тачно изнад себе. У змајевим канцама болно је мекетао велики јарац.

Спуствиши се пред улаз пећине Огњило се усправио на задње ноге. Чврсто стишћући предњим шапама јарца и вукући дуги реп по земљи, гегајући се, изгубио се у пећини. Мало касније, заштићен блаженим мраком, Исаије се прикрао отвору. Слика коју је видио следила му је крв у жилама.

Свезана ликом из липове коре, Раденка је сједјела у углу пећине, на распрострој сувој трави. Лијево од ње горјела је велика ватра. На каменој плочи испред дјевојке Огњило је, раскречен на задњим ногама, оштрим канцама предњих шапа кидао груди тек усмрћеног јарца који се још трзао и кркљао. Који трен касније у канцама је задрхтало јарчево срце. Огњило га је незграпно спустио на камену плочу и на њега усмјерио врели пламен из својих ноздрва. Живо месо болно је зацврчало.

Змај га је потом зграбио, неколико пута пребацио из једне у другу шапу, па га принио Раденкиним устима.

– Једи! – режао је промуклим гласом. – Нећу да умреш од глади.

Дјевојка је трзала свезаним ногама и рукама и млатарала главом, склањајући уста испред одвратног залогаја.

Исаије то више није могао да гледа. Плашио се да ће почети да повраћа и тако одати своје присуство, па је потрчао што су га ноге носиле. Што даље од овог пакла, мислио је. Једино што је још видио прије одласка било је велико удубљење у камену на улазу у пећину.

Скрхан болом и тугом, одлучио је да ноћ пробдије на стијени изнад отвора пећине, а сутрадан ће, ако Огњило напусти своје скровиште, ући и ослободити Раденку. Бјежаће, а ако их змај пронађе, у што не треба сумњати, јер алама се нико и нигдје не може сакрити, нека умру заједно, његова вољена дјевојка ће и онако скапати од глади.

Ноћ је, иако љетна, за Исаија била дуга. Негдје иза поноћи, око његовог уморног тијела сплеле су се танане нити сна. Чим је склопио очи, почео је да лебди у неком мрачном понору, а свуда око њега ватре, избечени полупечени јарци и јато ускомешаних змајева. Одједном болно мекетање живог јарца набијеног на ражањ претвори се у силовит прасак. Исаије се трже и отвори очи. Муње су парале небо, а крупне капи кише почеле су да добују по лишћу дрвета испод кога се налазио. Док је трепнуо оком, провали се небо и велики пљусак сручи се на планину.

Врпољио се, привијао уз стабло, покушавао да се заштити од кише, али у томе није успијевао. Ненаспаван, уморан, гладан, сав у очају, одлучио је да коначно учини то што је наумио. Неће чекати јутро. Ући ће у пећину и зарити нож Огњилу у срце, па шта буде! Али, сјети се прича старих Мркодолаца, змајева кожа је толико тврда да је не може пробити ни најоштрије сјечиво. Има само један дио тијела, под грлом, који је рањив. Кад би тамо...

Одмахну руком и поче да се спушта са стијене на којој је провео добар дио ноћи. Одлучио је да уђе у пећину и да учини прво што му падне на памет. Више није могао чекати. Смрт му се кезила из тамне ноћи и хрлио јој је у сусрет.

Када се прикрао улазу у пећину, застао је на тренутак. Ватра је тињала и при слабим пламичцима видио је уплакану Раденку, ослоњену леђима о зид. Крај ње је лежао Огњило, покривши је својим љигавим крилом. Гласно је хркао, а дјевојка је, сва у зноју, нешто неразумљиво буцала.

Исаије извуче нож иза паса и чврсто га стисну десницом. Закорачи у пећину, а онда пред собом, у каменом удубљењу, угледа дубоку локву коју је ноћашња киша испунила водом. Налазила се тачно на улазу и никако је није могао заобићи. Тада му у већ помућеном уму бљесну ненадана мисао.

Отрча до ближњег шипражја и у тами напипа подебљу витку младицу. Пресијече је ножем, окреса с ње гранчице, прислони уза се, одмјери до висине својих груди и одсијече јој врх. Сјети се да је пред пећином видио комаде лика с липове коре које је тамо вјероватно бацио Огњило након што је свезао Раденку у својој јазбини. Тим комадима чврсто привеза нож на врх штапа. Из бокора високе траве крај улаза истрже неколико влати и згули с њих сабљасте листове. Ножем одсијече коријење и врхове, па цјевкасте стабљичице принесе устима. Дуну кроз сваку и радостан утврди да пропуштају ваздух. Успут напипа повећи камен, узе га и крену према отвору.

С леђа скиде торбу у којој су се налазили још једно парче тврде кукурузе и комадић димљеног меса, што је чувао за Раденку ако је избави, па то остави крај улаза у пећину. Камен узе у десну руку, штап с ножем који је личио на копље у лијеву, у уста стави једну сламчицу, а остале пажљиво задјену за појас. Настојећи да буде што тиши, приђе локви и, стресавши се од хладноће, готово бешумно клизну у бистру ледену воду. Врх цјевкасте стабљичице оста изнад површине, тако да је могао да дише.

Није смио дуго да чека јер се плашио да би му руке од хладноће могле да се укоче. Сад или никад!

Не испуштајући цјевчицу из уста, нагло се усправи, замахну десницом и угледа како камен погоди у главу заспалог Огњила. Брзо штап с ножем из лијеве пребаци у десну руку, па зарони у воду. Широм отвори очи и чврсто се ослони ногама, плећима и лијевом руком о камен испод себе. Ништа није могао да чује ни да види, осим намрешкане површине воде изнад себе. Чекао је. Секунде су биле дуге као вјечност.

Одједном се скучени видик изнад младићеве главе затамни. Исаије још више разрогачи очи и угледа зеленкасти трбух немани. Јасно је видио како под грлом подрхтава један дјелић коже и схвати да је то оно рањиво мјесто о коме су причали стари Мркодолци. Јаче се ослони плећима о стијену, снажно стисну штап објема рукама, усмјери врх ножа према циљу и свом снагом зари га у Огњилово грло.

Шикну тамноцрвени млаз и зачас замути воду. Једино што је још Исаије видио изнад себе било је комешање црне масе. Чуо се стравичан крик, а затим је услиједило кркљање и таласање воде.

Кад се све смири, Исаије боље погледа и радостан закључи да мртва неман није својим огромним тијелом прекрила цијелу локву. Остало је таман толико простора да се некако извуче запињући додуше за бодље на Огњиловој кожи на којима су остајали дијелови његове влажне одјеће.

Змајев крик пробудио је Раденку из кошмарног сна. Звјерала је збуњено, не знајући шта се догађа. Кад је угледала Исаија вирснула је и поново пала у несвијест. Младић брзо притрча, пресијече ножем лико и протрља јој утрнуле и помодрјеле руке и ноге. Узе је у наручје и, тешко се провлачећи крај мртвог змајевог тијела, изнесе напоље.

То што се затим догађало и радост која је обасјала Раденкино и Исаијево лице кад су били сасвим сигурни да су се ослободили страшног Огњила, не би стали ни у посебну причу.

Чика Јевросим звани Пјевач причао је да су се дјевојка и младић, мада сасвим исрцпљени, за два дана и двије ноћи вратили у своје село. Мркодолци су им приредили свадбу каква до тада није запамћена. А змајеви су, по старчевој причи, видјевши шта се догодило Огњилу и страхујући да би и њих могла снаћи иста судбина, напустили Врлетницу, па су коначно одахнули житељи Мркодола, села које се данас зове Златни Дô.

КАКО ЈЕ КЛИП КУКУРУЗА ПОСТАО ПРИНЦ А СЕОСКА ДЈЕВОЈКА ПРИНЦЕЗА

За празничних љетних предвечерја Златнодолци су се окупљали под крошњом великог јавора. Послије топлог дана, уживали су у свјежини коју је повјетарац доносио с висова Громове горе и у причама старих мјештана.

Чика Глигорије звани Гајдаш (надимак је добио по томе што је у младости свирао гајде, онај необични инструмент од јареће коже што под пазухом личи на мијех) често је знао дуго да буљи у врх Врлетнице. Ћутке је гледао, а онда би, отпухујући димове из орахове луле, као за себе проциједио кроз пожутјеле крњаве зубе:

– Чудна је звјерчица љубав, чудна да чуднија не може бити.

И опет би заћутао, не скидајући поглед с врха планине.

– Јесу, брате, они – рекао би касније. – Принц и Принцеза. Стоје једно крај другог и гледају овамо, према свом и нашем селу.

И заиста, на врху Врелтнице, видјеле су се двије усправне стијене, од којих је једна личила на клип кукуруза, а друга на жену у дугој сељачкој одјећи.

Прича би потом кренула, а није се знало да ли долази из шапата јаворовог лишћа, шумора повјетарца у високој трави или из чика Глигоријевог ушећереног гласа.

Некада давно у Златном Долу живио човјек по имену Витомир. Имао је само једну њивицу посне земље, па је себе, жену и кћерку јединицу хранио углавном оним што је зарађивао у надници. Жена му је рано умрла, те отац и дјевојчица Витомирка осташе сами, бринући једно о другом. Дјевојчица је брзо научила да кува, пере, шије и крпи, а отац јој није дозвољавао да иде на њиву или у надницу.

– Ти си моја вила, моја принцеза, моја љепотица и нећу дозволити да своје тијело ломиш тешким ратарским пословима – говорио је често, провлачећи прсте кроз њену бујну плаву косу.

Кад је Витомирка стасала у лијепу дјевојку, за којом су се сви младићи у Златном Долу с уздахом окретали, Витомир се изненада разболе и паде у постељу. Било је то некако у прољеће, баш кад су на његовој њивици из земље почела да провирују крхка стабалца засијаног кукуруза.

– Не брини, оче – тјешила га је кћерка, приносећи му чајеве од љековитог биља које је добила од старе Јевросиме, најбоље траварице у селу. – Ја ћу окопавати кукуруз и бринути о њему. Биће род бољи него што је икада био.

Што рекла, то и учинила. С мотиком преко рамена, одлазила је на њиву и брижљиво окопавала кукуруз. Пажљиво је разгртала земљу, чупала сваку травчицу, прстима ситнила груменчиће и засипала тролисна стабалца. Чим би сунце пригријало, одлазила је кући да оцу припреми ручак и чајеве. Касно послије подне опет се враћала у кукурузиште и настављала тамо гдје је прије подне стала.

47

Кукурузи су, што народ каже, расли као из воде. Стабалца су очврснула и израсла, изникли су нови листови, па је била милина погледати их како подрхтавају на повјетарцу.

Кад је завршила прво окопавање, Витомирка се вратила на дно њиве и поново почела да окопава кукурузе.

– Зашто то радиш, зашто се мучиш? – питао је отац.

– Ништа ми није тешко – одговарала је весело. – Кукуруз ће бити бољи ако га још једном окопам прије загртања.

Радила је с вољом и кукурузи су, као да их је хранила њена безгранична љубав, још брже расли. Стабла су добила неку тамнозелену боју, а широки и дуги листови блистали су на сунцу као да су били намазани најфинијим миомирисним уљем, каквим принцезе у краљевским одајама мажу своју бршунасту кожу.

Крајем прољећа Витомирка је почупала сувишна стабла, па загрнула кукуруз. Длановима је око сваког иситнила земљу и пажљиво, као кад мајке ушушкавају своју дјечицу, обгрнула витка стабла.

Тада је кукуруз почео да буја. Стабла дебела, разграната, сабљасти листови на њима широки, усправни, тек при врховима мало повијени.

Била је пресретна Витомирка, био је пресретан и њен болесни отац док је слушао с каквим жаром у очима кћерка описује кукурузиште.

Тако све до средине љета. А онда удари незапамћена суша. Мјесец дана није пала ни кап кише, па кукурузи почеше да вену и жуте. Тужно се на свенулим стаблима опустили листови, човјека нешто стегне око срца кад погледа кукурузиште.

Растужила се Витомирка, нека тама потиснула онај ведри осмејак с њеног лица. Растужио се и отац, почео да копни у постељи, као његови кукурузи на њиви.

– Ни за сјеме нећемо имати – говорио је сјетно, док су му болни грчеви потресали ослабљено, мршаво тијело.

– Биће бар за сјеме – рекла је Витомирка и истрчала из куће.

Одлучила је да залијева кукурзе. Како су због суше били пресахли сви извори у селу, узела је дрвено ведро и запутила се према дубодолини кроз коју је вијугла Мракача, ћудљива ријека, која је у јесен, зими и у прољеће хучала ваљајући стијене и дебела стабла, а љети често остајала без воде.

Врлудала је кроз шипражје, слободном руком штитећи лице и очи од трња на које је у беспућу налазила, посртала запињући за вињаге, испреплетене жиле и камење, али је некако стигла до исушеног ријечног корита. Дуго је трагала док није пронашла вир у коме је било остало нешто воде. Напунила је ведро и кренула уз брдо, узимајући терет час у једну час у другу руку, тако да више лице није могла да штити од трња. Вратила се касно по подне, тужна што је због посртања доста воде испљускало из ведра.

О, Боже, како је била тужна када је видјела колико је било свенулих стабала кукуруза, а како је било мало воде у ведрици. Шта да ради? Хоће ли изневјерити оца? Хоће ли се обистинити његова слутња да ће остати без сјемена?

Многа питања раздирала су њене груди, а ни на једно није знала прави одговор. Онда јој је лице бљеснуло ведрим смијешком. Насред њиве угледала је једно високо и дебело стабло кукуруза, много живахније од осталих. Њега, њега ће залијевати, одгојиће бар један клип кукурза, да остане за сјеме!

Оставила је ведро на њиви и пожурила у кућу, да оцу припреми скромни објед и скува чај. Прије тога умила се над ведрицом, пазећи да се свака кап воде с њених руку и лица врати у дрвену посуду.

Увече је Витомирка пола ведрице воде изручила на жедну земљу око изабраног стабла кукуруза, а другу половину сутрадан ујутро. Била је радосна кад је видјела како је заливено стабло живнуло.

Киша и даље није падала. Витомирка је из дана у дан одлазила у долину и из све плићег вира доносила воду. Њен изабрани кукуруз почео је да јача и да расте, а сви остали око њега сасвим су се осушили, па је отромбољено лишће тужно шуштало када је крај њих пролазила.

– Само ти расти, мили мој – тепала му је њежно. – Теби ће твоја Витомирка доносити воде колико год ти треба.

Сваког дана вриједна дјевојка окопавала је свој кукуруз и повремено под иситњену земљу гурала груменчиће стајског гнојива. Кукуруз је израстао у правог дива, висином је одавно надмашио Витомирку. Колико је тужно било посматрати сасвим осушене стабљике осталог кукуруза, толико је радости очима доносио овај снажни витки љепотан.

Поткрај љета на врху стабла појавио се клас, а недуго затим у једном заперку заметнуо се клип. У почетку сићушан као мали прст, а већ сутрадан дебео као палац и дуг као прстењак.

– Расти, љепото моја, расти – топло му је шаптала Витомирка. – Тражи воде колико хоћеш, само расти, да отац на прољеће има сјемена.

50

Послије два мјесеца почела је да пада киша, па Витомирка није морала сваког дана да одлзи у котлину. И она је живнула. На лице јој се вратио онај пређашњи сјај. Златнодолци су је све чешће виђали како на пустој њивици стоји крај свог стаситог љепотана.

– Расти, мили мој, расти, принче мој из бајке – тепала му је препорођена дјевојка.

Клип је необуздано растао и већ је био дуг и дебео као рука од лакта до шаке. Кад је једног јутра на врху клипа Витомирка видјела кратке изданке сребрнкасте свиле срце јој умало није препукло од среће. Отрчала је да оцу саопшти радосну вијест и на вратима остала зачуђена видјевши да он стоји крај кревета.

– Твоји су ми чајеви, кћери, помогли и сад се много боље осјећам – рекао је, обгрливши је захвалним погледом.

Отишли су заједно на њиву и дивили се великом стаблу кукуруза и клипу каквог до тада нико није видио у Златном Долу.

Дјевојка је све чешће одлазила на њиву и све дуже се задржавала крај кукуруза.

– Принче мој горостасни, љепото моја и надо моја – тепала му је и миловала њежну свилу на врху клипа, као што дјевојке тепају својим младићима и милују косу својих драгана. – Расти, принче, расти како никада до сада није растао ниједан клип кукуруза. Надмаши својом љепотом, принче мој, љепоту свих принчева у овом суровом свијету.

Гледао то и слушао добри чаробњак Чудотворко, који је тог љета изабрао Врлетницу за своје станиште. Сажалио се на племениту Витомирку и одлучио да је награди за њену доброту.

Кад је једног јутра дјевојка стајала крај свог кукуруза и задивљено га посматрала, Чудотворко својом мишљу дотакну клип и – гле чуда! – он се претвори у правог-правцатог принца. Скочи са стабла, стаде пред зачуђену дјевојку и рукама протрља снене очи.

Како је био витак и висок! Како су му очи биле зелене, као да су боју преузеле из бујних листова кукуруза! Како му је лице било глатко и нежно! Како му је коса била плава и разбарушена, мека као свила на врху домалопређашњег клипа кукуруза!

Витомирка га цијелог обухвати устрепталим погледом, па рашири руке и похита да их склопи око Принчевог врата.

Угледавши пред собом рашчупану дјевојку, сву у некаквим изблиједјелим ритама, Принц је одгурну од себе, плашећи се да ће испрљати његово чисто царско рухо. Погледа је још једном и, не рекавши ништа, упути се према шумарку који је разгранатим жбуњем нагризао Витомирову њиву.

Када је погледала стабло кукуруза и видјела да тамо више нема оног крупног клипа који би њеном оцу донио довољно сјемена за наредну сјетву, Витомирка је бризнула у горки плач.

Ражали се на то чаробњак Чудотворко и одлучи да казни незахвалног Принца, али се брзо предомисли јер схвати да би тиме казнио и несретну дјевојку. Брзином мисли сиђе с врхова Врлетнице и неопажено се приближи Витомирки, гледајући часак како њено слабашно тијело потресају дубоки јецаји. Није могао то дуго да посматра, па врхом прста дотакну њено раме и дјевојка се – ох, чудеса! – претвори у прелијепу принцезу. У раскошној хаљини, прекривеној прелијепим накитом, до пуног изражаја дошла је њена љепота. Не часећи ни часа – а чаробњаци могу све што замисле – пренесе је Чудотворко у шумарак и остави под крошњом гиздаве брезе.

Стоји Принцеза и чудом се чуди, не може себи да дође од изненађења. Шта се то одједном с њом догодило? Сања ли или је ово стварност?

Њене мисли прекину шуштање лишћа и пуцкетање сувих гранчица. И – гле! – одједном се пред њом појави Принц. Кад угледа љепотицу, његово лице развуче се у ведри осмијех. Рашири руке и пожури према Принцези. Загрли је снажно и њихове усне стопише се у дуг, дуг пољубац.

Прича даље каже да им је чаробњак на једној планини, далеко од Златног Дола, створио велељепан дворац, и да су они тамо у срећи живјели. Витомиркином оцу Витомиру напунио је амбаре кукурузом, мислећи да ће сви до краја живота бити срећни.

Али, срећа је, као и љубав, што би рекао стари Глигорије звани Гајдаш, чудна звјерчица.

Послије неколико година разболе се Принцеза, толико се разболе да јој ни чаробњак Чудотворко, када је за то чуо, није могао помоћи. Пала је у постељу и копњела из дана у дан, па се само чекао дан када ће из њеног лијепог тијела исцурити и посљедња кап живота. Заљубљени Принц није могао замислити живот без своје вољене драгане. Припремио је бочицу отрова, ријешен да је попије када за то дође тренутак и да заједно с Принцезом напусти овај свијет.

Гледао све то Чаробњак, па и његово срце почело да се стеже од туге. Укаже се једном Принцу и покуша да га одврати од његовог наума, али у томе није успио.

– Хоћу да будем заједно са својом Принцезом, у смрти као што смо били и у животу – рекао је Чудотворку.

Тренутак прије него што ће Принцеза испустити душу, чаробњак истргне бочицу отрова из Принчевих руку и обоје их одведе на врх Врлетнице, па их тамо окамени и остави да заједно, загледани у Златни Дô, пркосе громовима, киши, снијегу и олујама.

– Јест, они су, Принц и Принцеза – упирао је чика Глигорије својом лулом у таму у којој се више ни врх планине није могао разазнати.

Увијек је дуго ћутао послије ове приче, а онда, кад су слушаоци већ почињали да се разилазе, сјетно додавао:

– Ко зна, можда ће их чаробњак једном, кад дођу боља времена, поново оживјети да наставе свој сретни живот тамо гдје су, прије много вијекова, своју врелу љубав претворили у ледени камен, само да би били заједно.

КАКО СУ СЕ ЗАВОЉЕЛИ ГОРОСТАСНА ДЈЕВОЈКА ЈЕЛЕНА И ПАТУЉАК МАЛИША

У пећинама на врху Громове горе, у прадавна времена, како је причао старац Макарије, живјели су дивови. Били су толико велики да су се за ведрих љетних дана могли видјети и одоздо из Златног Дола, села угњежденог изнад котлине хучне ријеке Мракаче која своје корито дубоко усијеца у кланац између Врлетнице и Громове горе. Нигдје у околини, како је причао стари Макарије звани Бркан, није било тако високог стабла које би и најнижем диву досезало до рамена. Изнад густих шума њихала су се њихова широка рамена као лађе на пучини, а главе су им биле веће и од највећих каца у сеоским качарама. Када су ишли шумом, како је описивао старац Макарије, изнад чијих су уста густи и дуги сиједи бркови личили на двије омање јагњеће коже, изгледало је као кад обични људи поткрај прољећа иду пољем усталасане пшенице.

Некоћ су дивови живјели у котлини, али када су се ту доселили бјегунци и основали Мркодол, потоњи Златни Дô, повукли су се на врх Громове горе и склониште нашли у огромним планинским пећинама. Били су доброћудни и могли су у слози живјети с људима, чак им и помагати, али су се плашили да их нехотично својим огромним стопалима не згазе, као што човјек често, не знајући то, згази недужног мрава.

Њихова омиљена забава била је бацање камена с рамена. Узимали су огромне камене громаде, велике као омање сеоске куће, и хитали их небу под облаке, пратећи их погледом све док се у даљини не би претворили у сићушне грудвице, сличне голубовима у лету. Када су људи доселили у њихов крај и када су се дивови повукли на планински врх, престале су и те њихове забаве, јер су страховали да неки камен случајно не падне на село или на сеоска имања. Од тада су само једном годишње, најчешће првог дана љета, долазили у Златни Дô, пазећи при том добро гдје стају и куда се крећу. Са заравни испод села бацали су камене громаде према југу и слушали како одјек камења које се руши испуњава кањон Мракаче. Нису то била такмичења, јер није било ни побједника. Нико није могао видјети докле је досезало бачено камење и тако утврдити ко побјеђује.

Једном се у дивовском племену роди патуљак. Див Гориша и његова супруга Јевдокија добише бебу која је за дивовске појмове била веома мала, тек нешто већа од умиљате срне, каквих је било много на Громовој гори зато што их дивови нису ловили, као што ни човјек не лови ситне сјенице на којима нема меса ни за залогај. Обрадују се родитељи што су добили синчића. Знали су одмах да ће бити патуљак и дадоше му име Малиша.

Растао Малиша и израстао у прекрасног, складно грађеног младића, али је растом остао мали, једва досегнувши очева кољена. Сви у дивовском племену много су вољели Малишу и жељели да буде у њиховој близини, али су морали да пазе да га случајно не нагазе када се враћају из шуме с великим трупцима на раменима или с неколико уловљених дивојараца на леђима. Малиша није могао да обавља тешке дивовске послове. Да се не би осјећао некорисним, дивови су се досјетили како да му помогну. Оградили су повећу пољану, нахватали много срна и ставили их у ограду, па Малиши дали задатак да сваког дана по шуми тражи најсочнију траву и доноси је љупким животињама. Са срнама су се играла дивовска дјечица која су била и двоструко већа од Малише.

Некако у исто вријеме када се родио Малиша, у Златном Долу сиромашни Грубан Растегорац и жена му, ситна и ћутљива Цвјетана, добише крупнооку дјевојчицу којој дадоше име Јелена. Пресретни родитељи говорили су да је њихова кћеркица најљепша на свијету, а гости који су стално долазили у кућу Растегорца чудили су се како је крхка Цвјетана могла да роди тако крупну бебу.

Израсла Јелена у прелијепу дјевојку која је сјајем својих крупних, као небо плавих очију, засјенила све дјевојке у селу. Нема тог момка који се не би за њом окренуо, али би сваки, па и онај највиши, морао да се попне на пањ да би се напио љепоте из Јелениних бистрих зјеница и румених усана. Када су њене вршњакиње почеле да се удају, нека треперава сјенка туге замутила је Јеленин поглед, јер је знала да тако висока, за главу виша и од највишег младића у Златном Долу, никада неће имати мужа с којим би изродила дјецу и била сретна као све мајке на свијету.

Првог љетног дана оне године коју ће Јелена и Малиша запамтити за сва времена, моћан глас старјешине дивова с Врха Громове горе разбуди Златодолце:

– Јутрос силазимо у долину да се до вечери препустимо задовољству бацања камена с рамена. Знате куда пролазимо и склоните нам се с пута да се, не дај боже, не би догодило зло.

Тај моћни, али ипак њежан и брижан глас, пробудио је и Јелену која се много обрадовала, јер је знала да ће, заједно с осталим Златнодолцима, стајати подаље од стазе којом буду пролазили дивови и поздрављати их машући букетима пољског цвијећа.

Оног дана када су дивови силазили у долину, младићи и дјевојке из њиховог племена, стасали за женидбу и удају, остајали су на врху Громове горе да свако себи изабере животног сапутника. Када су се касно ноћу дивови враћали у своје насеље, пред пећинама, поред огромне ватре, чекали су их заљубљени млади парови и тако им показивали ко ће с ким провести остатак живота.

Малиша је по својим годинама био стасао за женидбу, али је знао да нема те дјевојке која би пристала да јој муж буде до кољена, па је несретан и тужног срца замолио оца да га поведе у долину. Добродушни див Гориша стави сина на раме па пожури пут котлине, јер је знао да његов Малиша не би могао стизати остале дивове чији су кораци били десеторострруко дужи од његових, а стидио би се када би неко видио да га носи отац, иако је већ двадесетогодишњак.

Када су сишли у село, прије него што су почели да пролазе крај радозналих Златнодолаца, Гориша скину сина с рамена и он одмах поче брзо да корача, док је отац споро корачао за њим. Кад угледа људе крај пута, Малиша се поносно испрси и подиже главу, јер се поред њих није осјећао патуљком. Напротив, личио је на правог дива који с висине посматра оне који му главом једва досежу до пазуха.

Док су сви Златодолци стајали крај стазе којом су пролазили Малиша и отац му Гориша, а мало касније остали дивови под чијим стопалима је подрхтавала земља, Јелена је, проклињући судбину што јој је досудила толики раст, сједјела подаље, на пању испод шумарка. Али, када је испред колоне дивова угледала стаситог младића, за главу вишег од ње, дах јој застаде а срце задрхта тако да се чинило да ће растргнути груди и одлепршати из њих као птица која је годинама била спутана у кавезу.

Како се само узбудила када је видјела Малишу! Развијен, висок, усправан као витка бреза. По свему – момак који изазива уздахе и мути ум устрепталих дјевојака. Како би било лијепо да буде њен муж, па да, као рођени једно за друго, прошетају Златним Долом, а сви да их гледају и да такву срећу пожеле и својој дјеци.

Али – авај! – кратко је трајало Јеленино усхићење. Тај делија, тај момак над момцима, тај див над дивовима, тај јунак искрсао из њених снова, ни погледом је није окрзнуо. Она је несрећна рођена и несрећна ће остати до краја живота.

Онда је одједном, као муња, нова мисао бљеснула у њеном уму. Тај љепотан уопште није могао да је види, јер је сједјела у шумарку, подаље од пута, заклоњена грмљем и шибљем! Да је с осталима стајала крај стазе можда би је погледао, можда би и његово срце затреперило као и њено! Потрчала је, али када је стигла до стазе колона дивова већ је била поодмакла према пољани испред дубоког кланца. Учинило јој се на трен да дивове надвисује глава младића који је освојио њено срце. Помислила је да је разум почео да јој се мути, јер није могла ни претпоставити да то добродушни Гориша на рамену носи свог патуљастог сина.

Дуго је Јелена лутала њивама и шумарцима, нигдје није могла ни тренутак да се смири, ништа није могла да ради. Гледа како се пшеница таласа на пољани, а назире тамо оног лијепог младића. Окрене поглед према високо ижђикалим кукурузима, кад умјесто зелених стабљика види горостасног младића. Чим је први љетни дан почео да се примиче своме крају, пожурила је према стази којом ће се пред сумрак враћати дивови према врху Громове горе. Можда ће их, мислила је, предводити онај привлачни младић? Можда ће је сада, када буде пролазио поред ње, макар на часак погледати?

И заиста, у предвечерје појавила се колона дивова. Први је ишао Малиша, за њим је полако корачао Гориша, а одоздо су их све брже сустизали остали дивови. Брижни отац је, као и тог јутра, кренуо раније носећи на рамену свог патуљастог сина. Тек када је стигао до села спустио је Малишу и он је брзим корацима прилазио Златнодолцима крај пута. Кад им је сасвим пришао, одједном је стао као да га је нешто невидљиво зауставило, подигао главу, разрогачио очи и ужарен поглед приковао за стаситу дјевојку која је за главу надвисивала све остале Златнодолце. Такву љепоту никад до тада није видио. Ех, кад би та љепотица... Али, одмахнуо је руком. Ко би хтио да се уда за једног патуљка као што је он?!

Угледавши Малишу, Јелена поново изгуби дах. Сад ју је стасити младић примијетио, чак су им се и погледи срели. Осјетила је како у његовим очима свјетлуцају неугасиви пламичци љубави. Ипак, питала се да ли је то љубав, зар би се неко хтио оженити горостасном дјевојком, за главу већом од свих других у селу?

Након што је тренутак неодлучан стајао, мирећи се коначно с тим да никада неће имати своју драгану, Малиша обори поглед и полако крену прашњавом стазом. И Јелена се начас помири са својом горком судбином, али се брзо трже и чврсто одлучи да ову прилику неће пропустити. Никад до сада нисам срела младића који је растом и љепотом као створен за мене и нећу дозволити да овако оде, помисли.

– Стој! – повика и потрча према снужденом младићу.

Малиша стаде као укопан и окрену се према дјевојци која је, полако ширећи руке, трчала према њему док јој је дуга свиленкаста коса, као у шумске виле, лепршала на свјежем предвечерњем вјетру који се спуштао низ планину.

Не могавши више ни да трепне, Малиша је стајао раширених руку и прије него што је схватио шта се догађа, у његовом загрљају нашла се лијепа Златнодолка.

Видјевши то, дивови су се нагло зауставили, па су личили на низ високих гранитних стијена укопаних у земљу.

– Ја сам Јелена, горостасна дјевојка, за главу виша и од највишег младића у Златном Долу – шаптала је узбуђена љепотица тражећи својим устима Малишине усне. – Овакву ме никада нико неће узети за жену – додала је тужно.

Њена срећа почела је да се губи у болним јецајима.

– Ја сам Малиша – муцао је збуњени младић. – Патуљак сам, као што и моје име говори. Зато ме и неће ниједна дјевојка.

– Хоћу ја, љепото из мојих снова – готово врисну Јелена и још снажније га загрли.

– Не могу да вјерујем – забрза Малиша. – Мојој срећи нигдје нема краја и ја ћу...

Вреле Јеленине усне испише остатак реченице с његових усана.

Јеленин отац Грубан и мајка јој Цвјетана приђоше заљубљеном пару и обасуше га цвијећем. За њима кренуше и остали Златнодолци и почеше бацати букете којима су дочекивали и испраћали дивове.

Низ образе Малишиног оца Горише клизнуше двије крупне сузе. Он се сагну и огромним ручердама помилова сина и будућу снаху. Потом полако, као што брижна мајка узима тек рођено дијете, Јелену подиже на лијево, а Малишу на десно раме и крену узбрдицом.

– Неко вријеме живјели су на врху Громове горе – завршавао је причу старац Макарије звани Бркан. – Али, нису за њих тако њежне били сурови планински вјетрови и љуте зиме, па су касније сишли у Златни Дô и направили кућу баш тамо гдје и данас живе њихови потомци Дивовићи.

КРИЛАТИ КОЊ

За дугих зимских ноћи, када је Златни Дô са свих страна био опасан високим сметовима планинског снијега, Златодолци су у нечијој добро загријаној кући плели дуге приче из давнина. У причу би се само покаткад уплео оштри фијук мећаве који је гризао кров од тесане храстове даске и злокобно лупкао по чађавим стаклима малих прозора. Чинило се да он, тај злогуки фијук подивљалог вјетра, причи додаје понеку ријеч. Ха-ха--ха, смијао се тамо гдје смијеху није било мјеста. Такооо јеее, потврђивао је тамо гдје је у приповиједању потврда била најмање потребна. Ијууу-ју, ликовао је над нечијом несрећом.

У неко доба ноћи, кад би дјеца већ почела да снене главе спуштају на прса, чика Васкрсије звани Гудало узимао је гусле у руке, дуго затезао струне, па коначно почео да превлачи гудалом по оштрим струнама, истргнутим из коњског репа, и онда отегнутим гласом запјевао:

> Давно бјеше, прије много љета,
> у котлини мрачној, златодолској,
> на њивици јадног Миладина...

Ту би чика Васкрсијин глас задрхтао, као струна на којој би се, уз шкрипу, примирило гудало и низ смежурано старчево лице скотрљале би се двије крупне сузе које би, часак касније, бубнуле на затегнуту јарећу кожу гусала.

– Тужна је то, много тужна прича, дјецо моја – мрмљао је Гудало, скривајући зацакљене очи, мада у тами нико у њима не би могао видјети сузе издајнице.

Тек након дугог наваљивања знатижељника, старац је започињао своју причу.

Миладин је био веома сиромашан човјек. Са болешљивом, у крстима погуреном женом и четворо блиједе дјеце, живио је у колиби склепаној од дебелих дасака, прекривеној сламом и ушушканој сувом папарати. Неплодна њивица у дну села његовој породици давала је премало хране, па је надничарио кад год би му се за то указала прилика. А село било сиромашно, мало ко га је позивао у надницу.

Једном Миладин одлучи да искрчи шикару испод своје њивице и тако прошири ту поњавицу земље, вјерујући да ће уроди с ње бар мало утолити глад својих увијек гладних укућана. Већ у прољеће, које у Златни Дô стиже касно, упутио се с тестером и сјекиром у густу шикару, обраслу трњем, драчом, високом травуљином и густо сплетеном дивљом лозом. Снажно замахујући сјекиром, сасијецао је ниско жбуње и коров, па гомиле сасјеченог крша хватао голим рукама и носио до ивице бездана који се налазио с друге стране тог непроходног и тајанственог комада земље. Дуго је погледом пратио како бачено шибље нестаје у мрачној дубодолини и губи се негдје доље одакле допире хûк истопљеног снијега надошле и подивљале Мракаче.

Ријетки ранораниоци виђали су га већ у освит како вриједно ради, а они који би до касно трагали за залуталом и погубљеном стоком, увече су назирали Миладина у шикари и чинило им се да виде само сјену која се ломата по густишу.

Поткрај прољећа шикара је била искрчена. Остала су само повећа стабла храстова, букава, бријестова, грабова и багремова, нека висока и до пет метара. Између њих, онако витких и тек при врховима разгранатих, одозго из села поглед је несметано допирао до ивице понора и друге обале ријеке, а одатле се пружао до подножја Врлетнице и мрачног отвора Вучје пећине.

Првих љетних дана Миладин је почео да обара стабла. Понекад му је помагао најстарији син, слабашни и готово прозирни Добросав, дјечачић на чијем лицу нико никада није видио ведри осмијех. Миладин је сјекиром засијецао стабло што је више могао, а онда је, уз синовљеву помоћ, тестером нагризао здраво тијело дрвета. Немоћне дјечакове руке често нису могле да повлаче тестеру која се тешко провлачила кроз сирово дебло, па је отац прелазио час на једну час на другу страну и с муком вукао тестеру, остављајући дјечаку да је само гура са своје стране како се не би повијала према земљи и тако отежавала сјечу.

Знајући у каквом сиромаштву живи Миладинова породица, добродушни мјештани понекад су им слали храну, а Миладин је већ сутрадан хитао на њихове њиве да, у знак захвалности, обави оне најтеже послове и одмах потом, онако испијен и скршен, журио на своју крчевину, хватајући се сјекире и тестере.

Тако све до средине љета, када је посјекао посљедње стабло, оно што се било наднијело над понор, као да је знатижељно виркало шта крије та мрачна дубодолина. Онда се латио другог посла.

Стрпљиво је сваког дана, од раног јутра до касне вечери, кресао оборена стабла, ситно грање бацао је у понор, а стабла и дебље огранке резао на кратке трупце. Кад је и то завршио, све трупце је исцијепао у цјепанице и лијепо их сложио у гомилу високу метар, дугу више од стотину корака, оивичену у земљу побијеним зашиљеним буковим стубовима.

Потом је Миладин некуд отпутовао. Није га било неколико дана, а онда се, једног јутра, одозго са сјевера, путељком поред Мракаче, појавио дуг караван коња иза којих је каскало, помало храмљући, мршаво, олињало коњче. Испред каравана коња ишао је раздрљени Миладин с пет непознатих људи. Не свраћајући у село, скренули су с пута према гомили дрва. Брзо и вјешто су натоварили цјепанице на самаре и караван је кренуо обрнутим правцем, а крај остатка гомиле остао је Миладин с оним ислуженим коњчетом.

Касније је Златнодолцима причао да је обишао неколико села и да је једва успио да нађе неког трговца дрвима који је пристао да тако далеко од свог села узме тридесет товара дрвета. Умјесто новца, Миладин је тражио коња и тако добио ону рагу.

– Мој Крилаш! Мој виловити Крилаш! – говорио је показујући на згурено коњче крмељивих, мутних очију. – Добар је он, само да га до прољећа ухраним, да ојача, да добије још мало снаге, па ћемо пјевајући узорати ону доље моју крчевину – кликтао је док су му из очију врцале варнице радости. – Ма, људи, видите ли ви ову љепоту, видите ли мог Крилаша! Више му име вриједи него пар најбољих коња из царских коњушница!

Златодолци нису успјели ништа да му одговоре, јер је похитао пут своје крчевине, док се за њим, лијено храмљући, вукло ислужено кљусе.

Крилаша је одвео до најсочније траве, а он се латио трнокопа и почео да вади пањеве из земље.

Тако из дана у дан.

Прије него што се раздани одлазио је до крчевине. Сјекиром је сасијецао најдебље жиле, трнокопом вадио тање коријење, великом жељезном полугом чупао из земље разгранате жиле и вадио огромне громаде камена. Све је то носио или пред собом гурао до ивице бездана и сурвавао у провалију.

Кад би га тешки посао сасвим исцрпио, одлазио је са српом у руци до травнатих прикрајака и жео траву коју је у нарамцима доносио и распростирао по својој њиви да се суши. Тако је до краја јесени скупио неколико великих пластова сијена, вјерујући да ће они преко зиме улити Крилашу снагу која ће му бити потребна да на прољеће узоре нову њиву на којој ће бујно расти храна за гладна уста Миладинове породице.

Већ су се врхови Громове горе и Врлетнице били изгубили у тешким оловносивим јесењим облацима, већ је хладна киша почела обилато да натапа златодолске њиве, већ је и Мракача бучно шумила, а Миладин је још из расквашене земље вадио пањеве и камење.

Када је пао први снијег, била је права милина одморити поглед на Миладиновој крчевини. Свуда по селу сњежни покривач био је наборан и наслућивало се гдје се испод њега налазе пањеви, грмови, камење и ко зна шта још, а на новој Миладиновој њиви био је раван, као да је неко затегао велики комад бијелог платна.

Миладин је коначно одахнуо. Завршио је посао, имао је нову њиву, у његовој кући убудуће биће мање глади. Још да на прољеће узоре, па да набави сјеме, па да...

Али, одбијао је од себе бриге. Било их је доста раније, сада треба да се препусти срећи и радости.

Те зиме чешће је долазио на сеоска сијела и постао некако разговорљив, веселији. Није, као некад, сједао у мрачне углове, тамо гдје је било мјесто за дјецу, већ се придруживао мушкарцима за столом и све чешће причао.

– Ма, људи, јесте ли видјели мог Крилаша? – говорио је обасјан некаквом чудесном свјетлошћу. – Како су му се леђа некако исправила, бокови попунили, кожа на сапима затегла... Мој Крилаш, мој Крилоња, мој Крилов, моја горска вила... Ма и крила му расту, све ми се чини...

Ко о чему, он о свом коњчету.

Пуна му уста Крилаша, срце пуно радости, а душа пуна неке топлине која грије и његове саговорнике, па немају ни жеље ни снаге да га прекину или, недајбоже, кажу да они нису примијетили да се коњче опоравило.

Дошло је коначно и ново прољеће. Нико сретнији од Миладина, ни у коме више живота него у њему.

Прије него што су други потражили зарђале плугове по шупама, он је већ био у крчевини.

За дотрајали плуг привезао је комад старог ланца, за ланац кратку грабову облицу, за крајеве облице два комада старог конопца, конопце свезао за орму коју је натакао Крилашу на врат.

Златнодолци се окупили горе у селу и радознале погледе опружили према Миладиновој крчевини.

Јутро је сунчано, али свјеже. Низ падине Громове горе и Врлетнице силазе таласи хладног ваздуха и сударају се доље у долини. Рашчупани и буновни Миладинов син Добросав дрхти од хладноће држећи узнемиреног и преплашеног Крилаша за поводац. Миладин снажно стеже ручке плуга и гледа у небо, као да му упућује нијему молитву.

– 'Ајде, Крилашу, крени, соколе мој – говори благим гласом, као кад човјек сина јединца испраћа на далек пут.

Добросав стеже поводац. Крилаш оборио главу, стриже готово прозирним ушима, на испалим ребрима подрхтава олињала кожа. Ноге му урасле у земљу, на њима опуштени мишићи. Нигдје ни наговјештаја грча на мршавом коњчетовом тијелу, ништа не указује на то да ће остарјела животиња повући плуг и да ће се оштри врх раоника зарити у влажну црницу.

– 'Ај', Крилашу, доброто моја, уздานице дјеце моје напаћене – још је топлији и блажи Миладинов глас. – 'Ајд' да узоремо ову поњавицу земље, па ћемо и зоби да засијемо, да се на јесен и зимус сладиш, заслужио си.

Узалуд Добросав затеже поводац, узалуд Миладин меди меким, баршунастим гласом. Коњче ни да мрдне.

Онда фијукну бич у орачевој руци. Његов врх се заустави над мршавим коњским сапима, не дотаче их.

Крилаш се напе, свом снагом груну напријед. Затегоше се конопци и ланац, раоник пољуби земљу па, као да осјети њену сласт, изгуби се у влажној мекоти.

Посрћући, невичан том послу, Крилаш срља, кривуда, непотребно троши крхку снагу. Добросав једва задржава поводац у руци, а Миладину измичу плуг и бразда.

Тако неколико корака, а онда...

... Онда се Крилаш некако неприродно пропе, али само на трен, па се скљока на кољена предњих ногу. Покуша једном, па други, па трећи пут да устане, али му је то успјело тек у четвртом покушају. Стајао је некако сав у грчу, док су му ознојено тијело потресали снажни дрхтаји.

Миладин испутио ручице плуга и у скоку стиже до раоника који се био дубоко зарио у земљу. Сагну се, разгрну рукама комад непреврнуте бразде и проциједи кроз стиснуте зубе:

– Жила... Проклетница... остала у земљи...

Похита до опреме коју је оставио на ивици крчевине, узе сјекирицу, доскакута до плуга, извуче раоник из земље и снажним замасима поче да сасијеца жилу. Кад је то завршио, гласом сличним прољетном лахору у крошњи процвјетале воћке, обрати се Крилашу:

– Опрости, вилењаче мој, опрости мени грешнику. Знам ја да није за тебе да плугом ваљаш жиле и камење по овој крчевини, за тебе су небеска пространства. Али, морамо. Сад морамо, а касније...

Нагло застаде. Застиди се ваљда што је пред сином пустио души на вољу и толико се разблебетао, па му топло, очински, рече:

– Привежи, Добросаве, тај поводац за орму па хајде кући. Могао би те Крилаш кад се разгоропади, вилењак један, мунути главом или, недајбоже, нехотично нагазити ногом. Знаће он и сам куда треба ићи, не треба ту алу водити.

Збуњени дјечак послуша оца и одскакута пут уџерице кроз чији се сламнати кров пробијао дим у плавичастим праменовима.

Миладин још једном нешто умилно шапну Крилашу, још једном фијукну бич, не дотичући коњска леђа. Преморена животиња крену. Корак, два, па стаде. Орач подиже плуг, гура га, жели да помогне. Кљусе поново грчи тијело. Покушава да однекуд, ко зна одакле, утисне бар мрвицу снаге у омлитавјеле мишиће. Наново један корак, мучан, тежак, претежак. И још један, краћи, некако спутан, па дахтање преморене животиње.

И тако сат, два сата...

Посртање, кривудање, молбе, псовке... Миладин је све чешће испуштао плуг из руку и прилазио раонику да уклони заосталу жилу или камен. У тим кратким предасима Крилаш је једва стајао на ногама, дрхтећи цијелим тијелом.

Е, људи моји, требало је то гледати а не плакати.

(Старина Васкрсије увијек је на овом мјесту на тренутак прекидао причу и сагињао главу да они који га слушају не виде сузе у његовим очима.)

Пред подне бразда је била одмакла једва неких двјесто корака. Једина узорана тог дана, а дуж крчевине требало их је пружити бар хиљаду. Златнодолцима који су то посматрали, а нису прилазили Миладину јер су знали да их не би послушао, било је јасно да је то узалудан посао. Нити ће Крилаш издржати, нити би се тако крчевина могла узорати чак ни до краја године. А Миладин је био упоран.

– Још само мало, мили мој – тепао је и сам уморан полумртвом коњчету. – Још само за дужину плуга, па смо на крају бразде. Немој сад да ме изневјериш, соколе мој виловити. Кад завршимо ову

бразду одморићемо се. Изабраћу ти навиљак нај-
мекшег и најмириснијег сијена.

Дахтали су и коњ и орач.

– 'Ајд', Крилашу! – први пут дрекну Миладин.

Јаукну бич и његов оштри врх овог пута нађе
ослонац на влажној коњској кожи из које су изби-
јали облаци паре.

Крилаш се згрчи, некако се скрати, па се пропе
и повуче из све снаге. Дотрајали конопци који су
вукли плуг пукоше и злослутно зазвиждаше, вију-
гаво режући ваздух као пребијене змије које у
свом посљедњем скоку добију неку необјашњиву
снагу.

Краће од трептаја Крилашево тијело, ослобо-
ђено стега, полети пут неба, а онда се, у дјелићу
секунде, суноврати и нестаде иза ивице понора.

Миладин врисну, поскочи, па се и сам нађе на
рубу бездана.

Златнодолци, који су одозго из села све то по-
сматрали, видјели су како се Миладиново тијело
повија и наслућивали како он погледом прати пад
коњског тијела у нигдину. Недуго затим, примије-
тили су како се Миладин усправља, диже главу и
онда дуго погледом шара по небеском простран-
ству, као кад забринуте домаћице прате кружење
јастреба у висини, страхујући да ће се устремити
ка живини у њиховом дворишту.

Чуо се одоздо врисак. Снажан, мушки, дуг, бо-
лан. Протресе нешто Миладиново тијело, а онда
се јадник смири и оста дуго укипљен на ивици по-
нора. Ништа се на њему није помјерало осим гла-
ве, окренуте према небеском плаветнилу, која би
се само покаткад спуштала. То тужни човјек није
могао а да бар летимичним погледом не претражи
таму хладног понора, као да је очекивао да ће се

одоздо, замахујући дугим и широким крилима, појавити његов Крилаш.

Тек предвече, скрхан и болан, вратио се пред своју колибу, гдје су га, забринути и снуждени, дочекали жена и дјеца, припијени једно уз друго. Дошло је ту и неколико старијих мјештана, желећи да му, онако тужном и сломљеног срца, упуте коју ријече утјехе.

– Оде мој Крилаш – мукло прозбори Миладин кад стиже до њих. – Одлепрша у небо као бијели голуб.

Глас му се губио у грцању.

– Ма какви голуб! – једва је истискивао ријечи из стегнутог грла. – Као соко, као змај небески! – изгрца некако и изгуби се у колиби.

Касније је, из дана у дан, већ у рано јутро, одлазио на ивицу понора и дуго зурио у небо. Враћао се касно увече у своју уџерицу. Ни с ким није разговарао, ништа није јео. Само би понекад свјежом изворском водом квасио спечене усне. Занијемио, ископнио, некако згрчен и скупљен, зарастао у браду, понекад би нешто промрмљао. Они који би му се приближили на неколико корака када је стајао на ивици понора разазнавали би у том бунцању само Крилашево име.

Миладинов мутни поглед кружио је небом. Гледао је вјероватно Крилаша који је горе негдје безбрижно лепршао својим анђеоским крилима. И понеком већ обневидјелом златнодолском старцу чинило се да кроз мрене навучене преко очију покаткад назре грудву прозрачне бјелине како промиче небом, наслућујући у њој нејасне обрисе Миладиновог крилатог коњчета.

Једног врелог љетног поподнева Миладин се доље, на крају своје крчевине, стропоштао на земљу као цјепаница. Златнодолци који су то посматрали видјели су како се само једном његово слабашно тијело протресло, а онда, као изблиједјела крпа, опружио по трави.

Који тренутак касније од мртвог тијела издвојила се прозрачна сјена и винула пут небеса. Људи су били запањени: мртви Миладин лежао је на земљи, а један други, прозрачни Миладин, као птица, летио је у висину.

– Биће да је то била његова душа – сјетно је своју причу завршавао чика Васкрсије звани Гудало. – Пошла његова испаћена душа да се састане с Крилашевом, горе негдје високо, у тајновитом небеском бескрају.

ДВИЈЕ ВЕЛИКЕ ЉУБАВИ

Да није било пожртвованог голуба Голупка и заљубљене голубице Голупке ко зна шта би се догодило с дјечаком Дојчилом и да ли би своју срећу нашла дјевојчица Роксанда? То питање увијек је на крају своје приче постављао чика Крстивоје звани Глог. Старац, који је надимак добио по томе што је од младости хвалио глогов чај, а у позно доба говорио да је дубоку старост доживио захваљујући баш њему, није давао, нити од било кога тражио, одговор на то питање. Јер, причао је чаркајући ватру на огњишту, понекад човјек не треба да се пита како се и зашто нешто догодило. Много је тајни у које људски ум не може да продре, као што се ни глогов клин никако не може забити у гранитну стијену.

Почело је то оне сурове зиме када је Златни Дô са свих страна био затрпан дубоким снијегом. Већ средином јесени оштри сјеверац, продирући кањоном ријеке Мракаче уз страшну хуку и злокобно завијање, ледећи крв свакоме ко би се нашао напољу, почео је да наноси ројеве сњежних пахуљица. За неколико дана под дебелим бијелим покривачем била је цијела котлина. Сви путеви били су завијани и нико није смио ни да помишља да се некуд упути.

Тако заробљени Златнодолци, чекали су прољеће.

Негдје средином зиме тешко се разболе дјечак Дојчило. У почетку је кашљао, осјећајући у грудима и грлу неподношљив бол. Затим га захвати и за постељу прикова дрхтавица која је тресла цијело његово слабашно тијело. Коначно га обузе таква ватра да мајка истом руком није могла дуго с дјечаковог чела и лица брисати крупне грашке зноја. Напослијетку Дојчило паде у бунило. По цијелу ноћ и дан бунцао је неразумљиве ријечи, тешко дишући и непрестано се врпољећи у кревету. Ништа није јео, чак је из уста избацивао оно што би му силом гурали. Само је пио воде и чаја колико год би му давали.

Ријетко се отимао бунилу, углавном дању. Тада би, тешко размичући испуцале усне, дрхтавим гласом молио да подигну јастук под његовим леђима. У тим кратким часовима свијести поглед усахлих очију није скидао с прозора и бјелине иза њега која је, како се чинило дјечаку, крила многе, неодгонетљиве тајне. Како је само тада желио да истрчи напоље и да цијелим тијелом зарони у сњежне наносе, као што је љети несташно ускакао у високе бокоре усталасане траве! Како је силно жудио да међу врелим длановима осјети хладноћу грудве снијега! Али, биле су то само пусте, неостварива жеље. Болест је из њега била исцрпла и послиедње трунке снаге, па чак и да су га смјели изнијети на пртину у дворишту, не би се могао држати на онемоћалим ногама.

Дани су се вукли један за другим као уморне раге под тешким товарима кроз врели љетни дан, а Дојчилов живот је протицао у дубоком сну и краткотрајним буђењима. Лице му је било увенуло и посивјело, очи упале, коса порасла и слијепила се у коврџаве праменове, а руке утањиле и омлитавјеле.

Једног јутра, дошавши к свијести, дјечак на вањској прозорској дасци угледа голуба Голупка. О, што је волио тог сивкастог враголана сребрнкастог перја, тог несташног љепотана! Скакутао је по дасци, окретао се, вртио у круг, надимао гушу, гугутао, ширио крила и покаткад кљуцао кљуном по стаклу. Дојчилове очи живнуше. Покуша да се усправи у кревету, али то је за њега представљало велики напор, па одмах клону и утону у кошмаран сан.

Кад се пробуди сљедећег јутра, Дојчило погледом потражи прозорску даску и растужи се кад видје да је празна. Силно пожели да на њој угледа Голупка. Бржи од његове мисли, голуб слети на даску и замахну неколико пута крилима прије него што их склопи, као да поздравља болесног дјечака. Опет је дуго скакутао, кљуцао и гугутао, а дјечаку се чинило да сваки пут кад отвори кљун нешто изговара што он кроз стакло не може да чује. То дружење трајало је дуже него јучерашње, као да је болест постајала добродушнија, не журећи да повуче дјечака у мрачни бездан.

Урањајући у сан, Дојчило се сјети првог сусрета с Голупком.

Било је то прошлог љета. Из јата дивљих голубова које се наједном појавило на небу изнад шуме, понад села на падинама Громове горе, издвојио се један и слетио на дрвени кров његове куће. Бојажљиво је скакутао, окретао се и гугутао. Чим би се задивљени дјечак помјерио, голуб је ширио крила, спреман да полети. Кад би се Дојчило примирио, голуб је скупљао крила и настављао са скакутањем и гугутањем. Остао је на крову кратко, а онда полетио. Пратио је задивљеним погледом ту сиву грудвицу у небеском плаветнилу све док се није тамо далеко, над шумом, претворила у тачку и придружила мноштву других сребрнкастих грудвица. Био је тужан што је птица одлетјела, али истовремено и радостан што се придружила своме јату.

Сутрадан је јато опет надлетјело село и исти голуб слетио је на кров Дојчилове куће. Нешто слободнији, дуже је скакутао по сљемену и веселије гугутао. Прије одласка слетио је у двориште и брзо кљуном зграбио зрно кукуруза које се ту нашло.

Трећег дана, издвојивши се из јата, голуб је одмах слетио на двориште, гдје му је Дојчило био оставио хрпицу зрневља.

Од тада је почело њихово пријатељство. Голуб је долазио понекад с јатом, понекад сам. Остали голубови само су кружили над селом, а он се издвајао и слијетао на кров Дојчилове куће или у двориште, све чешће по неколико пута дневно. Ту су га увијек чекали дјечакови дарови – гомилице кукурузног зрневља и мрвице хљеба. Сиви љепотан сасвим се ослободио страха. Скакутао је, гугутао, лепршао крилима и дозвољавао Дојчилу да му приђе на неколико корака.

Једног предвечерја дјечак се обрадовао када је видио како је голуб скровиште пронашао под стрехом његове куће.

– Сад знам да смо постали прави пријатељи! – ускликнуо је радосно. – Пријатељ, а не знам ти име! Тако не може! Зваћу те... зваћу те... Голупко – рекао је весело и запљескао рукама.

Од тада се Голупко све рјеђе придруживао свом јату. Дању је вријеме проводио углавном у Дојчиловој близини, а након заласка сунца одлазио под стреху. Дјечака је раном зором будило гугутање с тавана, па му је горе однио сламчица да голубан може да направи гнијездо.

Када је снијег затрпао Златни Дô, Дојчило је на таван сваког јутра носио воде и хране. Голупко му је тада слијетао на руку, кљуцао зрневље и завахлно гугутао. Тако све док га болест није сасвим савладала и приковала за постељу.

Да вам је само знати колико се дјечак бринуо за Голупка. У кошмарним сновима видио је како он горе на тавану губи кап по кап живота без воде и хране. Онда би некаква бљештава свјетлост потискивала таму и над дјечаком би се отварало огромно плаво небо по коме је, у великим круговима, безбрижно летио његов Голупко. Бескрајну Дојчилову радост убрзо би помутио сури орао који се стреловито усмјеравао према голубу. Ох, ужаса! Али, Голупко је био паметан. Брже од муње устремио би се ка тавану и нашао сигурно скровиште. Не за дуго, јер ево нове несреће! Зима је, на тавану је хладно, нема воде и хране. Значи ли то да за Голупка нема спаса?

У краткотрајним часовима свијести Дојчило је бунцајући молио мајку да не заборави његовог голуба, али она ништа није могла да разумије.

Тако све док се Голупко није појавио на прозору Дојчилове собе.

Када је долетио и трећег јутра, дјечак је замолио мајку да по прозорској дасци проспе шаку кукурузног зрневља. Пресрећна што је њеном сину боље, пожурила је да испуни његову жељу. Дојчило је из свог кревета ужагреним погледом пратио како његов Голупко халапљиво кљуца кукуруз, а

послије тога захвално маше својом лијепом главом.

– Немој да ми се захваљујеш – шапутао је дјечак. – Ја сам теби захвалан, до неба сам ти захвалан што ме посјећујеш.

Четвртог јутра, чим се пробудио, замолио је мајку да одшкрине прозор. Кад је, мало касније, слетио на даску, Голупко није ни погледао зрневље, већ је похитао свом пријатељу. Слетио је на јастук крај Дојчилове главе и дуго, врло дуго гугутао, дотичући њежно кљуном његове испијене образе.

Било је то превелико узбуђење за болесног дјечака, па је брзо склопио трепавице и препустио се сну. Кад се пробудио потражио је папир и оловку. Дрхтавом руком описао је своју болест и замолио онога коме дође (ако дође) његово писмо да му пошаље лијек. Папир је пажљиво пресавио неколико пута и ставио га у непромочиву кожну кесицу коју је добро свезао чврстим концем.

Сигуран да га његов пријатељ неће изневјерити, петог јутра Голупку је, чим је кроз одшкринут прозор улетио у собу, за ногу привезао кесицу и молећивим гласом шапнуо:

– Лети, пријатељу мој, лети до најближег града! У овој кесици је моја једина нада. Само ми ти можеш помоћи. И, чувај се, пријатељу мој! Твој живот важнији је од мог здравља.

Кад то изговори, Дојчило клону на јастук. Голупко излети на прозорску даску, на брзину позоба кукуруз и вину се у небеске висине. Његово сребрнкасто перје стопи се са сивилом зимског неба.

Голупков лет од Златног Дола до Плавог Града посебна је прича, а двије приче никако не могу стати у једну бајку, па ћемо овдје исприповиједати само оно најважније.

Провукао се Голупко између стрмих стијена дубоког кланца којим, јужно од Златног Дола, ријека Мракача отиче према далеком Плавом језеру. Летио је дуго кроз оловносиве облаке. Летио, летио, летио, све док се пред њим није отворило плаво небо изнад широког пространства, прекривеног црногоричном шумом. Ту је први пут слетио да мало одмори крила и потражи коју сјеменку у сувим шишаркама високог дрвећа. Чим је утолио глад, наставио је пут. Четинарску шуму замијенила су обољела стабла бјелогорице, а иза њих простирале су се бескрајне равнице. Поткрај дана угледао је широко језеро, а на другој обали језера велик и лијеп град. Сњежни покривач остао је иза њега. Језеро и град купали су се у руменкастој свјетлости сунца на заласку. Преморен, без мрвице снаге у тијелу, слетио је на кров прве куће на коју је наишао.

То што га је пратило на путу трећа је прича. Сви они јастребови и орлови који су га вребали и покушавали да улове не заслужују да уђу у једну овакву бајку, па ћемо их препустити забораву.

Када је остао без пријатеља, притиснут страхом за његов живот, Дојчило није имао више снаге да се одупре безобзирној болести. Дрхтавица је свом силином навалила на његово измождено тијело које је горјело у врућици. Дрхтао је у бунилу и без престанка бунцао. Три дана и двије ноћи није долазио к свијести. Забринута мајка лила је горке сузе, проклињући онај час када је отворила прозор, јер је мислила да је студен неповратно потиснула и оно мало наде у Дојчилово оздрављење.

А наш Голупко, наш храбри голубан, вођен срећом, слетио је баш на кров оне куће у Плавом Граду у којој се крила узданица у његов спас.

Бијеше ведро зимско предвечерје, али је ваздух био топао. Чим су утрнуле голубије ноге дотакле цријеп, Голупко склопи крила, затвори очи и погну главу. Није више имао снаге ни да макар једним погледом обухвати град над којим би, да није био толико уморан, сигурно дуго кружио и дивио се дотад невиђеним љепотма.

Из прелијепе дрвене кућице на високом стубу посматрала је то бијела голубица. Кад је видјела рашчупаног дошљака на мјесту гдје се она често играла, љутну се мало, али кад се боље загледала уочи да је он веома уморан и би јој жао. Весело загугута и упита га умилним голубијим гласом да ли је болестан и како му може помоћи. Голубов кљун оста затворен. Да ли је жив или мртав? Сва претрну кад сама себи постави то питање. Загледа се боље у његову гушу и примијети да се она помјера. Дише! Жив је! Силно се обрадовала.

Брзо одлети до своје кућице, напуни кљун водом из посудице која је стајала на дасци за слијетање, врати се, приђе Голупку, врхом свог растави његов кљун и капљица бистре течности из њених клизну у његова уста. Голупко мало живну. Кад је то поновила неколико пута, голуб се усправи на ноге, отвори очи и оста тако дуго отвореног кљуна. Пред њим је стајала љепотица какву до тада није видио.

– Гладан си и уморан – гугутну бијела голубица. – Сад ћу ја – рече, одлети и врати се с пуним кљуном пшенице.

Кад се Голупко мало окријепио, упита га одакле је и како се зове.

– Ја сам Голупко и долазим из далека – рече не скидајући поглед с љепотице.

– О – изненади се голубица. – Ја се зовем Голупка.

Пружише једно другом крило и дотакнуше се кљуновима. Тако се упознају голубови.

– А шта ти је то на нози? – упита показујући кљуном кожну кесицу.

Голупко исприча све о болесном Дојчилу и о лијеку који за њега тражи. Рече још како би учинио све да помогне свом пријатељу.

Дирнута тужном причом, Голупка није могла задржати сузе у очима које су се плавиле као језеро крај кога су се налазили.

– Моја добра Роксанда помоћи ће Дојчилу – каза и, пошто су се већ ситне честице сумрака згушњавале око њих, поведе Голупка у своју кућицу. Обилато су се погостили и дуго разговарали прије него што су кренули на починак. Голупко је одушевљено причао о Дојчиловој доброти и прекрасној дивљини Златног Дола, а Голупка о љупкој Роксанди и љепотама Плавог Града.

Чим су први сунчеви зраци, љескајући се на мирној површини Плавог језера и милујући црвене кровове кућа у Плавом Граду, најавили нови дан, одморни и ободрени Голупко с узбуђеном Голупком слети на један прозор. Голубица је неколико пута ударила кљуном о стакло иза кога се појави снена дјевојчица која је имала дугу црну косу, дубоке зелене очи и округло румено лице. Отворила је прозор и Голупка је одмах улетјела у собу и слетјела на Роксандин кревет. Збуњени Голупко није знао шта да чини, али кад га је Голупка позвала машући крилом, ушао је без двоумљења. Голубица је Роксанди кљуном показала кожну кесицу на голубовој нози. Дјевојчица је развезала конац, отворила кесицу, пажљиво извукла писмо и почела да чита. Њено лице преплавила је блага сјенка забринутости, а очи су јој се напуниле сузама. Кад је и други пут прочитала писмо, помиловала је њежном руком голубицу и голуба и рекла дрхтавим гласом:

– Дојчилу морам помоћи.

Било је у њеном гласу толико одлучности да је Голупко већ био сигуран у Дојчилово оздрављење.

Роксанда се брзо обукла, отишла оцу и испричала причу о болесном дјечаку.

– Морамо му помоћи – казао је и отац када је прочитао Дојчилово писмо.

Опремио је коња и њих двоје су сјели у кочију, па се запутили у потпланинско село Градину. Тамо је живјела стогодишња старица Петронија, која је свакој болести знала лијек. Када су стигли око поднева и прочитали старици Дојчилово писмо у коме је била описана његова болест, старица је из десетак ланених врећа узела по трунак некаквог ситног праха, ко зна од чега справљеног. Све је то смијешала и рекла да дјечак лијек подијели на три дијела и да га пије три дана заредом. Роксанда и њен отац захвалили су се надалеко чувеној исцјелитељки и пожурили у Плави Град.

За то вријеме Голупко је са бијелом голубицом провео најљепши дан у свом животу. Дуго су летјели изнад Плавог језера, слијетали на многе крокове, сусретали друге голубове и дуго с њима разговарали. Мада су жељели да се овај дан никада не заврши, много су се обрадовали када су предвече видјели да се кочија приближава граду друмом од Градине.

Увече је Роксанда добијени лијек ставила у исту ону непромочиву кесицу, свезала је и причврстила на Голупкову ногу. Уз лијек је, наравно, ставила и писмо у коме је објаснила како ће га Дојчило употребити, а није заборавила ни о себи да напише коју ријеч.

– Сутра рано крени и не дозволи да Дојчило дуго чека спасоносни прах – рекла је Голупку, па у дрвену кућицу у дворишту однијела доста најљепше птичије хране и здјелицу свјеже воде.

Наредне ноћи Голупка и Голупко дуго су разговарали, а чим је руј зоре озарио кровове Плавог Града, Голупко је обилато доручковао, напио се воде, поздравио се са својом новом пријатељицом и кренуо на дуг и неизвјестан пут.

Не треба ни причати да је повратак био напоран, много тежи од доласка у Плави Град. Враћајући се, из топлих улазио је у све хладније предјеле, а када је коначно ушао у кањон пред Златним Долом, мислио је да преморена крила неће издржати до краја пута. То се, срећом, није догодило и пред крај дана Голупко је слетио на прозор Дојчилове собе.

Послије три дана и двије ноћи болног бунцања, као да је осјетио повратак свог пријатеља, дјечак се тргао из кошмарног сна. Угледавши Голупка на прозорској дасци, танким гласићем који се једва извлачио из исцрпљеног тијела, позвао је мајку и руком показао да отвори прозор. Кроз одшкринуто крило голуб је као лопта-крпењача слетио на Дојчилову постељу. Пао је на леђа и остао тако умртвљен, с промрзлим ножицама подигнутим увис. Дјечак је брзо скинуо кесицу и замолио мајку да се побрине за Голупка.

Док је збуњена мајка, не знајући шта се догађа, а радосна због синовљеве изненадне живахности, појила и хранила голуба, Дојчило је дрхтавим прстима отворио кесицу и почео да чита Роксандино писмо. Свака прочитана ријеч убризгавала је у његово лице по капљицу руменила, а у млитаво тијело утискивала по трунчицу снаге. Затражио је од мајке чашу воде и пажљиво у њу сасуо трећину чудотворног праха који му је послала баба Петронија. Чим је мирисна течност прошла кроз ватром израњавана уста и једва се провукла кроз натекло грло, осјетио је неко чудно струјање по желуцу, затим по грудима, а онда по цијелом тијелу. У том тренутку и Голупко се осовио на ноге.

Сутрадан је Дојчило већ сједио на кревету, а кад је попио други дио праха, почео је да несигурним кораком шета по соби. Трећег дана, по испијању остатка лијека, изишао је напоље и уз мајчину помоћ загазио у дубоки снијег. Какву је само радост осјетио када је направио велику грудву и хитнуо је високо изнад себе! Наредних дана трчкарао је пртинама по цијелом селу, а сваки његов корак пратио је Голупко прхућући изнад његове главе.

Дојчиловој радости и срећи није било краја. Поново здрав и чио, мислио је да ће једном раширити руке, замахати њима као Голупко крилима и винути се под облаке. Али, све чешће су мисли на Роксанду потискивале сва друга осјећања. Шта ли она сад ради? Како изгледа та добра дјевојчица? Све би дао да је може само на тренутак видјети.

Кад се коначно отопио снијег а сунце топлим зрацима окупало Златни Дô, Дојчило је написао дуго писмо Роксанди и Голупка отпремио у Плави Град. Не зна се ко је био срећнији када се послије неколико дана голуб вратио с одговором – Голупко што је поново видио Голупку или Дојчило што му је Роксанда топлим ријечима описала своју радост због његовог оздрављења.

Године су пролазиле, а Голупко је све чешће летио између Златног Дола и Плавог Града.

Кад је стасао у високог и снажног младића, Дојчило се једног прољећа спремио за дуг пут и кренуо према Плавом Граду. Данима се пробијао кроз шираже ускоги каменитог кањона, прелазио брда и планине, препливавао ријеке, газио потоке, све док се пред њим нису указале широке равнице. Испред њега је стално летио његов драги пријатељ, спуштајући се сваки час на стабла и жбунове и сачекујући Дојчила на чијем лицу напорни пут није остављао видљивог трага.

Путовање је трајало дуго и једног лијепог љетног предвечерја стигли су у Плави Град. Дојчило се окупао у Плавом језеру и обукао нову одјећу коју је носио у торби.

Чим је Голупко слетио на кров Роксандине куће, долепршала је Голупка, сва устрептала од радости. Кад се у дворишту појавио стасит и лијеп младић у сусрет му је похрлила дјевојка љепша од горске виле. Нико није морао да их упознаје, њихова срца говорила су све. Чврсто су се загрлили, а усне су им се стопиле у дуг, дуг пољубац.

– Ви се сада сигурно питате шта је даље било – загонетно се смјешкао чика Крстивоје звани Глог, завршавајући своју причу. – Било је оно што бива у свакој бајци. Голупко и Голупка имали су много голубића, а Дојчило и Роксанда живјели су у срећи до краја живота.

ЧАРОЛИЈЕ СИНА СУНЦА

Све је почело онда када се у Златном Долу, селу смјештеном у дубокој котлини између високих планина Врлетнице и Громове горе, које се тада звало Мркодол, појавила Сунчева кћи, принцеза Сунчана. Нико тада није могао ни претпоставити да ће долазак дјевојке саткане од сунчеве свјетлости у тај дивљи крај, много година касније, прво донијети тугу а онда силну радост поданицима далеке острвске царевине Лулуније. Али, загонетни су путеви Божји и нико никада неће одгонетнути како нечија судбина, макар у причи, може да повеже бескрајно удаљене крајеве овог тајновитог свијета.

Тако је своју причу о Сину Сунца започињао чика Прокопије, погурени старчић кога су, по томе што је увијек на леђима носио шарену вунену торбу дугих упрта, сви у селу звали Проко Торбица.

Одавно се зна да је принцеза Сунчана у тадашњи Мркодол а потоњи Златни Дô дошла да ледену котлину мало угрије топлином коју је зрачила и тако јадне људе спаси од пропасти. Чим се појавила у селу, у Сунчеву кћер загледао се млађани Видоје. Очи није скидао с љепотице и узалуд су га старији људи убјеђивали да обични смртник не смије ни помишљати на љубав са божанским створењем.

– Ако је она Сунчева кћи, ја ћу бити Сунчев син – говорио је заљубљени Видоје.

– Онда бисте били сестра и брат – узвраћали су Златодолци, вјерујући да ће тиме расхладити његову усијану главу.

– Бићу син неког другог сунца, не овог што нас грије, Сунчаниног оца – одговарао је с усхићењем. – И нећу се више звати Видоје, зваћу се Син Сунца!

Ни касније, када се Сунчана окаменила на планини изнад села, заједно с Мјесечевим сином Мјесечилом, желећи да тако остане са Златодолцима и да им буде од помоћи, Син Сунца није хтио да повјерује да је више нема. Мислио је да је она неком чаролијом створила стијену по свом обличју и отишла у неки други крај, да другим људима донесе радост.

Једног дана Син Сунца кренуо је да потражи изабраницу свог срца. Прича каже да је годинама ишао из села у село, из града у град, из царевине у царевину. О Сунчани нигдје ништа није чуо, али је зато учио језике многих народа и скупљао свакаврсна знања.

Коначно се обрео у острвској царевини Лулунији за коју никада нико у његовом завичају није чуо. Одлучио је да се ту смири и да почне користити оно што је научио током дугог путовања.

Ко зна да ли би икада Син Сунца ушао у причу да се у Лулунији изненада нису престала да рађају дјеца. У почетку то нико није примјећивао и не зна се кад би се за ову невољу сазнало да једног дана пред цара Лулукуа није дошао власник једине фабрике цуцли у овој царевини.

– Ваше величанство – клекну он пред цара – зло и наопако!

– Реци, поданиче, прво шта је зло, а затим шта је наопако – рече цар гледајући кроз прозор јабуку која је родила прекрасним плавим плодовима. У Лулунији су расле плаве јабуке, љубичасте крушке и шарене шљиве, по чему је ова царевина била позната у цијелом свијету.

– Јуче се навршила тачно година откако се у нашој царевини није родило ниједно дијете – бојажљиво изусти човјек, не смијући да погледа цару у очи.

– Како се усуђујеш да такве лажи причаш о мојој царевини? – ражести се цар.

– Све што сам рекао истина је – усуди се да подигне главу власник једине фабрике цуцли у Лулунији. – То ја најбоље знам.

– А како би ти то могао знати када не знају моји савјетници?

– Знам по томе, ваше величанство, што пуну годину нисам продао ни једну једину цуцлу.

– Глупости! – дрекну још једном цар. – Водите овог лажова у тамницу да ми не буни народ – нареди и одшета у врт.

Доведоше сљедећег дана пред цара најбоље дворске луде и он заборави немио сусрет.

Прошло је од тада пет година, а онда, једног дана, најавише цару власника фабрике пелена.

– Шта ће ми он? – питао је цар Лулуку. – Принцеза има већ петнаест година и, колико се ја разумијем у те ствари, пелене јој више нису потребне.

– Он каже да има да вам саопшти нешто веома важно – рече министар за пријеме.

– Кад је тако, уведите га – каза цар и сједе на трон.

Власник фабрике пелена уђе бојажљиво, гужвајући капу у немирним шакама.

– Ви знате, пресвијетли царе, да се у мојој ткао-
ници израђују најбоље пелене од чистог памука.

– А зашто ми то причаш? – упита цар.

– Зато што трећина поданика у вашој царевини
узгаја памук да бих ја израђивао пелене.

– Ја стварно не знам зашто ми све то причаш.

– Е, видите, они од тога живе, и све док буду мо-
гли узгајати памук биће задовољни вашом влада-
вином – убрзано изговори власник ткаонице пеле-
на, као да је унапријед научио ову реченицу.

– Па нека узгајају памук и нека буду задовољни
– мудро ће цар.

– У томе је невоља, свијетли царе, што мени не
треба њихов памук, јер више нећу израђивати пе-
лене.

– Зашто? – покушавао је цар да сачува хладно-
крвност.

– Зато што сам све магацине од подова до тава-
на напунио пеленама.

– А ти их продај, па ћеш тако испразнити мага-
цине – поучи га цар Лулуку.

– У томе и јесте невоља што већ шест година,
откада се у царевини Лулунији није родило нијед-
но дијете, нико не купује пелене.

Скочи цар са златом опточеног престола као да
га је неко полио ведрицом вреле воде.

– Водите овог лажова у тамницу да ми не буни
царевину.

Неколико дана цар је био узнемирен и љутит, а
онда и из сусједних царевина доведоше дворске лу-
де да га увесељавају, па он заборави глупу причу
власника фабрике памучних пелена.

Прошло је од тада девет година, а онда једног
дана министар школа распростре пред цара неке
папире и замоли га да их потпише.

– Шта је то? – упита цар Лулуку.

– Наредба о затварању свих школа у царевини – мирно одговори министар.

– Шта?! – врисну цар и баци министру у лице перо и мастионицу. – Хоћеш од мене да направиш будалу!

– Опростите, ваше величанство – понизно ће министар, бришући мастило с лица – али то морамо учинити.

– Зашто? Како? Због чега? – осу рафал питања цар Лулуку, познат по томе што није волио много да пита.

– Зато што нема ко да иде у школу.

– А дјеца, гдје су дјеца?

– Већ петнаест година, ваше величанство, у Лулунији се није родило ниједно дијете.

Цар је прво поплавио, па поблиједио.

– Водите га у тамницу! – дрекнуо је тек када је позеленио. – Одмах га водите у тамницу да ми не буни царевину!

Министра школа ставише у окове, а цар нареди да му нико не улази у одаје. Седам дана је ходао и размишљао, а осмог дана позове министра за мудровање.

– Је ли истина оно што причају? – упита га одмах.

– Што народ прича, или је било, или ће бити – мудро ће министар за мудровање.

– Не мудруј, већ ми одговори на питање! – ошину га цар ватром свог погледа.

– Истина је, пресвијетли царе – скупи храброст министар за мудровање да истину превали преко усана. – Већ петнаест година у нашој царевини није рођено ниједно дијете.

Ако тако каже и министар за мудровање, онда треба вјеровати, закључи у себи цар, а свом поданику рече:

– Размисли добро о свему и реци ми зашто је то тако!

Оде министар за мудровање у своје министарство, па и он нареди да га нико не узнемирава. Седам дана је ходао и размишљао, а осмог дана га изведу пред цара.

– Мислио сам, размишљао, премишљао, смишљао, мудровао, па опет мислио, размишљао, премишљао...

– И? – био је нестрпљив цар.

– Ништа нисам смислио – промуца министар за мудровање. – Заиста не знам зашто се дјеца не рађају.

– Ти са мном збијаш шалу! Никада није било ниједног питања на које ниси знао одговор, а сада...

Министар за мудровање ничице паде пред царева стопала.

– Немојте ме бацити у немилост, преклињем вас – поче скрушено молити. – Ви знате да се ја никада не бих усудио с вама збијати шалу.

– Па добро – мало мирнијим гласом ће цар – ако одговор на ово питање не знаш ти као најмудрији у царевини...

– Нисам ја најмудрији – прекиде га министар за мудровање.

– Ако ниси ти, ко је? – упита још једном цар Лулуку и најежи се и на саму помисао да мора да пита.

– Син Сунца – испали као из топа министар за мудровање.

Цар стави прст на чело.

– Син Сунца? Син Сунца? Ах, да! То је онај стари научник који, зарастао у браду, само шета и нешто смишља.

– Тако је – потврди министар за мудровање. – Прије петнаест година по његовој замисли на све кровове ставили смо велика огледала и тако загријавамо куће и воду, па ватру више не ложимо.

Цар нареди да му доведу Сина Сунца.

– Знаш ли ти зашто се већ петнаест година у мојој царевини не рађају дјеца? – било је, како је цар мислио, посљедње питање које ће поставити.

– Знам – без размишљања одговори Син Сунца.

– Говори, одмах говори! – скочи владар са свога трона.

– Ја сам за све крив – мирно рече Син Сунца.

Од узбуђења цар није могао више да прозбори ниједну ријеч.

– Познато је, ваше величанство, чак би и дјеци у нашој царевини, да их има, било познато да бебе доносе роде.

– Па... па... па... – грцао је цар од љутње и узбуђења.

– По мојој замисли прије петнаест година порушени су сви димњаци.

– И?... И?... И?...

– Када су порушени димњаци, роде више нису имале куда да спуштају дјецу у куће.

– И?... И?... И?... – цептио је од бијеса цар Лулуку.

– Нема ту више шта да се говори – остао је и даље миран Син Сунца. – Роде су се наљутиле и заувијек напустиле Лулунију.

Не знајући више шта да ради, цар је лупао ногама по поду, па у његове одаје хрупише наоружани стражари, мислећи да им даје знак да уђу.

– Погубите га! – викао је цар. – Одмах га објесите!

Стражари скочише на Сина Сунца као орлови на немоћну жртву, али научник, вичан свему, једним покретом руке створи око себе невидљиви зид, па, трудећи се да му глас и даље буде миран, обрати цару:

– Ако ме погубите, ко ће вам вратити роде?

Лулуку одједном престаде лупати ногама о под и, послије дужег размишљања, рече:

– Добро, поштедјећу ти живот, али за мјесец дана мораш вратити роде у Лулунију.

Син Сунца затражи од цара да нареди да се што прије на свим кућама поново направе димњаци, па крену на пут. Обишао је све шуме и сва језера на острву, прошао кроз сва села и свугдје се распитивао, али нити је он гдје нашао роде нити је од кога чуо да их је у посљедњих петнаест година негдје видио. Узме потом Син Сунца највећи брод у Лулунији и отисну се на океан. Обишао је осам царевина, али ни тамо није нашао роде јер су већ надалеко чули за његов изум, па су порушили димњаке. Врати се несретан и стаде пред цара.

– Наредите да ме погубе – рече одлучно. Ја сам крив што су роде заувијек напустиле не само нашу него и осам сусједних царевина.

Несретни цар Лулуку послушао је научника.

И ко зна да ли би се икада за ову причу сазнало да Сину Сунца под вјешалима није синула спасоносна замисао. Отме се џелатима и отрча пред цара.

– Дајте ми кључеве од ризница и најбоље мајсторе у царевини! Обећавам да ће се ускоро свуда чути дјечји смијех.

Рекао је то тако самоувјерено да му је цар повјеровао.

Искупе се убрзо мајстори и у долини Велике ријеке почну градити двије огромне фабрике. Радили су и дању и ноћу без предаха, а Син Сунца је, као да има крила, стизао на све стране. Када су фабрике биле готове, он позове цара.

– Шта ће се у овој фабрици правити? – упита Лулуку.

– Роде – одговори научник. – Вјештачке роде, од жељеза.

– Роде од жељеза? – разочарано упита цар. – А како ће летјети роде од жељеза?

– У оној другој фабрици праве се батерије.

– Шта су то батерије? – заборавио је цар Лулуку да не воли да поставља питања.

– Видјећете – одговори Син Сунца и руком даде знак радницима да чине оно што им је раније рекао. И заиста, радници су узимали вјештачке роде, стављали у њих батерије, и пуштали их да лете. Одједном, небо је било прекривено родама.

Сутрадан ујутро у свим кућама чуо се плач беба. Из тамнице изведу власника фабрике цуцли и нареде му да у свим градовима отвори по једну фабрику. То исто кажу ослобођеном власнику фабрике пелена.

Тешко се навикавајући на свјетло послије дугог тамновања, пред цара изиђе министар за школе и принесе му папире.

– Шта је сад то? – упита цар Лулуку.

– Наредба да се отвори много нових школа – одговори министар.

Цар потписа папире и одшета до прозора, па се загледа у ведро небо. Одједном његово лице прели талас радости.

– Гле! – ускликну као дијете када угледа нову играчку. – Гле, враћају се роде, Видим јато правих-

-правцатих рода. Живих рода! – није могао цар Лу-
луку да обузда своје одушевљење.

– Роде! Враћају се роде! Видјеле димњаке и чу-
ле дјечји плач па се враћају. Више нам неће бити
потребне роде на батерије – загракташе сви на
двору и у цијелој Лулунији.

Кад би до краја саслушали ову причу, Златно-
долци окупљени око Проке Торбице дуго су ћута-
ли. Тишину је обично прекидао приповједач:

– Ко зна, можда је нека од онх рода, правих или
вјештачких, бајку о Сину Сунца донијела у Златни
Дô, његов завичај?

ЉУБИЧАСТА ЗРАКА

– Хоћу у бајку! Хоћу и ја у бајку!

Глас је био тих, мек, баршунаст.

Тргао ме из сна и наћулио сам уши. Тишина, потпуна тишина владала је тамом собе.

Помислих да сам сањао, окренух се на другу страну, зијевнух гласно, навукох покривач до рамена и одлучих да се поново препустим слатком сну. Тог дана сам много радио и брзо почех поново да тонем у звјездани бездан сна.

– Молим те, пусти ме у бајку. Дај ми макар дно једне странице у својој књизи.

Тањушан и молећив глас расплињаво се тамом собе.

Придигох се и упалих стону лампу. У соби, наравно, није било никога. Уосталом, у то сам и без провјере био сасвим сигуран. Тог љета у планинској кући, потпуно сâм, писао сам књигу бајки о Златном Долу и Златодолцима.

Боже, помислих, бајке су стварне, али само у сну. Ево, и сад ми се јављају, чак чујем и њихов глас.

Угасих свјетло и опружих се по кревету колико сам дуг и широк.

– Зашто си себичан? – помилова ми ушне шкољке исти онај глас. – Не тражим много, само неколико редака. Ако уђем у бајку, нећу више бити тужна и усамљена.

Лијевом руком потражих прекидач на стоној лампи.

– Не пали свјетло! – трже ме нешто повишен баршунасти глас. – Ако то учиниш, нећеш моћи да ме видиш.

– А ко си ти? – упитах и помислих да постајем чудак јер разговарам сâм са собом.

– Љубичаста Зрака. Зовем се Љубичаста Зрака – забрза онај глас, испуњавајући собу пријатним трептајима.

Заћутах и почех дубље да дишем.

– Не вјерујеш ми? Сигурно мислиш да сам причин или плод твоје маште? Окрени се према прозору и видјећеш ме!

Окренух се и заиста видјех како се кроз прозор и таму собе пробија сноп љубичастог свјетла. Придигох горњи дио тијела, протрљах снене очи и уперих поглед у слабашно љубичасто свјетло које је треперило као свјетиљка на трбуху уловљеног свица.

– Сад ми вјерујеш, је ли? Мораш ми вјеровати! – тихо је говорила Љубичаста Зрака.

– Па – замуцах – видим те, али...

– Мораш ми вјеровати! – понови плачним гласом. – Јеси ли икада био усамљен? – упита и прије него што стигох да одговорим настави: – Ја сам много усамљена и само ми ти можеш помоћи.

– Како? – прекинух бујицу њених ријечи.

– Прими ме у своју бајку. Посвети ми бар неколико редака. Своје дуготрајно лутање завршићу у бајци и коначно ћу да се смирим.

– У реду – сложих се. – Само, ништа не знам о теби.

И она, треперавим гласом, исприча своју причу.

Љубичаста Зрака потицала је са Љубичасте звијезде, најљепше у Љубичастом сазвјежђу. Увијек је била несташна и много радознала, па је стално лутала небесима, истражујући нова пространства и склапајући нова познанства. Стекла је тако много пријатеља у свим сазвјежђима. Никада се није смиривала, јер је жељела да поново среће своје пријатеље. Само повремено враћала се на Љубичасту звијезду, да предахне и прикупи снаге за нове пустоловине.

Давно, врло давно, још у оно вријеме кад се Златни Дô звао Мркодол и када је ово планинско село жудило за сунчевом топлотом, наишла је на Планету изгубљених. Господар те планете, страшни ловац на племените, крстарио је великим космичким бродовима по цијелој васиони, ловио племенита створења, доводио их на Планету изгубљених и ту их претварао у робље. Међу робовима Љубичаста Зрака видјела је и неколико заробљених морнара с планете Земље, па је одлучила да их спаси.

Љубичаста Зрака имала је велику пријатељицу Космичку Мисао, која је настала тако што се мноштво дјечјих жеља да плове васионом стопило у једну мисао. На крилима своје пријатељице одлетјела је на Планету космичких бродова и њеног племенитог господара замолила да Земљане врати у њихов завичај. Господар Планете космичких бродова имао је срце веће од свих својих летјелица и није се ни часа двоумио. Позвао је најближи космички брод, наредио посади да ослободе Земљане и да их одмах врате на најљепшу планету Сунчевог система.

Брод је пратила Љубичаста Зрака. Пролазили су кроз прекрасне предјеле Ружичастог сазвјежђа,

Сазвјежђа тишине и Плаве зоне. Када су прошли крај Венере и Мјесеца и приближили се Земљи, у ваздушастом тијелу Љубичасте Зраке затрепериле су све танане нити свјетла. Такву љепоту до тада није видјела. Све је треперило у некаквом модрикастом свјетлу и све је личило на нестварну слику која се може појавити само у сновима.

Увјерена да ће посада космички брод одвести на право мјесто и искрцати напаћене Земљане који су дуго чамили у затворима на Планети изгубљених, Љубичаста Зрака престала је да прати летјелицу. Приближила се Земљи и почела да кружи око ње. Није се могла надивити љепоти високих планина, зелених долина, плавих мора и језера, вијугавих ријека, широких поља, осунчаних морских обала и снијегом прекривених горских врхова.

Зауставила се изнад Златног Дола опчињена сликом која се пред њом указала. Сеоце у котлини између двије високе планине, изнад кањона кроз који је вијугала модрозелена ријека, личило је на драгуљ прикачен на зелену хаљину прелијепе небеске краљице. Био је дан, а Љубичасту Зраку дању нико не може да види, па је могла несметано, до миле воље, уживати у красотама предјела какав није срела у цијелог васиони.

Негдје иза поднева у дворишту трошне кућице на крају села угледала је уплакану дјевојчицу на чијем крилу је мировало воштано блиједо лице њене болесне мајке. Пришла је ближе и чула тихе јецаје.

– Мамице, оздрави, молим те – шапутала је дјевојчица. – Не смијеш да умреш, не смијеш да ме оставиш саму.

Мајка с напором растави очне капке и помилова кћеркицу мутним погледом. Хтјела је нешто да

103

каже, али није имала снаге да из болних груди истисне ријечи утјехе.

Растужи се много Љубичаста Зрака, јер и космичке зраке имају танано срце, па одлучи да оде и да се врати увече када је дјевојчица буде могла видјети.

Цијели дан је кружила око Земље, али је била много тужна и није се више могла дивити љепотама ове планете. Кад се смркло, вратила се до Златног Дола и зауставила на прозору трошне кућице на крају села. Завирила је унутра и видјела како крај слабашног плавичастог пламичка на врху крпе натопљене уљем дјевојчица брише зној са блиједог мајчиног лица. Прође Љубичаста Зрака кроз стакло и благом љубичасатом свјетлошћу обасја сиротињску избу. Зидана пећ, дрвени кревет напуњен сламом и прекривен грубим платном од конопље, климав дрвени сто, двије клупице и полица са дотрајалим дрвеним посуђем било је све што се могло видјети у тој собици.

– Хеј, разведри се мало, твоја мајка ће оздравити.

Трже се дјевојчица, погледа на све стране и кад никога не видје још више се снужди, мислећи да је у свом болу почела да силази с ума.

– Ниси сама – покуша још једном да је осоколи Љубичаста Зрака. – Ја сам с тобом и помоћи ћу твојој мајци.

Поново дјевојчица одврати поглед с болесног мајчиног лица и опет никога не угледа, па поче тужно да јеца.

Онда јој се Љубичаста Зрака представи, објасни ко је и одакле долази. Кад дјевојчица примијети сноп бљедуњаве љубичасте свјетлости, повјерова у њену причу.

– Како се зовеш? – упита Љубичаста Зрака.

– Биљана – одговори дјевојчица и исприча да је њен отац био дрвосјеча и да је живот изгубио у шуми, под једним великим храстовим стаблом. Од тада се мајка прихватила свих тешких тежачких послова, па је због тога обољела. И сви у селу рекли су да јој нема спаса.

– Ја ћу је излијечити – охрабри Биљану Љубичаста Зрака.

Скупи у себе сву космичку снагу и сноп љубичасте свјетлости усмјери на мајчино лице. Мајка поче да врти главом и да нешто неразумљиво мрмља. Мало касније отвори очи и у њима бљесну зрачак радости. Затим Љубичаста Зрака усмјери сноп своје свјетлости на мајчине груди и она поче дубље и шумније да дише.

Не потраја дуго а мајка устаде из кревета и поче да шета собицом као да до малочас није била болесна. Потражи кукурузно брашно и замијеси хљеб.

– Хвала ти, хвала ти до неба, драга моја пријатељице, драга моја Љубичаста Зрако! – весело је црвкутала Биљана и пљескала ручицама.

Мајци ништа није било јасно, али није корила кћеркицу. Спремила је скромну вечеру, па када су јеле распремише се и легоше у кревет. Исцрпљена дугом болешћу, мајка брзо заспа. Биљана је још дуго разговарала са својом новом пријатељицом.

Свидјело се Љубичастој Зраци у Златном Долу, па је остала дуго у овом селу. Биљана је често увече, када мајка заспи, излазила у двориште и чаврљала с пријатељицом. Разговарале су о свему и свачему, а највише о тајанственим космичким пространствима кроз која је често пролазила Љубичаста Зрака.

Једне ноћи њихов разговор прекиде нека необична музика.

– Шта се то чује? – упита Биљана.

– Не знам – одговори Љубичаста Зрака.

– То је звук небеске харфе – трже их непознат глас.

Погледале су на све стране, али никог нису видјеле.

– Узалуд ме тражите погледом јер сам невидљив – чу се поново онај глас.

Да би скратио њихову знатижељу, исприча им своју причу. Рече да се зове Космички Звук. Потиче са планете Фоније из Пурпурног сазвјежђа. На његовој планети некада су живјела паметна и племенита бића. Једном су их напали дивљаци из Мрачног сазвјежђа. Њега пошаљу да тражи помоћ. Док је лутао космосом, дивљаци из Мрачног сазвјежђа његову планету претворили су у прах који се распршио бескрајем васионе.

– Од тада немам завичаја и усамљен лутам космосом – рече тужно, а онда настави: – То што чујете звук је небеске харфе. На далекој планети Астареи живи дјевојчица Астралија. Она је прије много година пала међу двије стијене и заглавила се тако да је нико и ничим не може ишчупти. Слободне су јој само руке којима свира на небеској харфи и њена тужна музика одјекује цијелом васионом.

– Јадна дјевојчица – прошапта Биљана. – Може ли јој се икако помоћи?

– Не може – одговори Космички Звук. – Нема те снаге која би могла да смрви стијене.

– Могу ја помоћи, могу ја помоћи – изненада до њих допре глас који се час приближавао, час удаљавао.

– Ко си ти? – упита Љубичаста Зрака.

– Зовем се Звијезда Луталица. Некада сам била Звијезда Падалица, а сада сам Звијезда Луталица.

– Зашто се стално приближаваш и удаљаваш? – упита је Космички Звук. – Заустави се мало, па да лијепо разговарамо.

– У томе је несрећа што се не могу зауставити – одговори Звијезда Луталица и исприча своју причу.

Потиче из Ружичастог сазвјежђа. Живјела је сретно као и остале звијезде, али је због једног несташлука протјерао господар сазвјежђа и одредио да буде Звијезда Падалица. Почела је да пада. Падала је, падала и падала. Коначно је видјела пред собом једну планету и обрадовала се што ће се смирити. Али – авај! – пред њом је стајала школа, а у школском дворишту много ђака. Било је то, како рече, на планети Земљи. Зар је могла баш ту да падне? Шта би било с дјецом? Сазнавши да није хтјела да падне, господар Ружичастог сазвјежђа казнио је тако што је претворио у Звијезду Луталицу. Од тада непрекидно лута и тражи гдје ће коначно да се смири.

– Надам се да сада схватате како могу помоћи Астралији. Пашћу на звијезду Астареу, порушити стијене и ослободити Астралију. Тако ћу коначно пронаћи мјесто гдје ћу да се смирим, а несретна свирачица на небеској харфи биће слободна.

Послије дужег вијећања Биљана, Љубичаста Зрака и Космички Звук закључе да ће већа несрећа за Астралију бити ако вјечито остане заробљена, него да можда буде повриједена приликом пада Звијезде Луталице. Зато новој пријатељици предложе да крене према Астареи.

Мало касније чули су јак прасак, а затим Астралијин срећни глас и веселу музику која је испунила цијелу васиону.

Радосни што се све сретно завршило, Биљана, Љубичаста Зрака и Космички Звук договоре се да се неколико дана веселе у Златном Долу. Дању је дјевојчица помагала мајци у разним пословима, а Љубичаста Зрака и Космички Звук одмарали се у дивљини планина Громова гора и Врлетница. Ноћу су се састајали у дворишту Биљанине куће и дуго разговарали. Нико од њих тада није могао ни слутити каква несрећа чека Љубичасту Зраку.

Када је коначно одлучила да се врати на Љубичасту звијезду да прикупи снагу за нова лутања, наишла је на непробојни омотач око своје домовине. Сазнала је да су исти они дивљаци из Мрачног сазвјежђа који су уништили планету Фонију, одлучили да разоре и Љубичасту звијезду. Створили су око ње омотач који нико ничим није могао пробити. Остала је само једна мала рупа кроз коју се, све и да је хтјела, није могла провући Љубичаста Зрака.

Вратила се тужна у Златни Дô и све испричала Биљани и Космичком Звуку, који се још био задржао уз дјевојчицу.

– Врло сам тужна и несрећна, јер ништа не могу да учиним – рекла је Љубичаста Зрака. – Сад сам и ја без домовине као и ти – обратила се Космичком Звуку.

– Не тугуј, пријатељице моја, ја ћу ти помоћи – охраби је Космички Звук.

Затим потанко исприповиједа како ће спасити Љубичасту Звијезду. Увући ће се кроз онај мали отвор у омотач и тамо тако гласно викати да ће се пред силином звука оклоп распрснути као мјехурић од сапунице.

Рекавши то, брзином мисли упути се у бескрајна космичка пространства. Тренутак касније чуо се снажан прасак од кога је дуго подрхтавао цијели космос.

* * *

Слушајући причу Љубичасте Зраке био сам утонуо у лаган сан. Тргла ме заглушујућа тутњава.

Знао сам да се то распрскава омотач око Љубичасте звијезде, измрвљен снагом гласа Космичког Звука.

Устао сам и упалио свјетло.

На столу, крај раније написаних бајки о Златном Долу и Златнодолцима, стајала је још једна – о Љубичастој Зраци.

ПРИЧА О ПИСЦУ

Био је лијеп септембарски дан, пун сунца које је искрило у једва уочљивом рују отврдлог лишћа у крошњама дрвећа поред кога сам пролазио. Од школе до куће ваљало је, углавном уз брдо, препјешачити пут дуг око седам километара. Ако успут заобиђем све воћњаке који су мамили зрелим плодовима, око два часа иза поднева моћи ћу, за ручком, причати шта се догодило у школи.

Тог дана, учитељица нам је подијелила добрано раскупусане букваре из којих су годину или двије прваци у неким другим школама већ учили слова. То што књига коју сам добио није више имала корице за мене уопште није било важно. У вуненом торбаку – крај таблице, спужве и писаљке – било је мјеста и за буквар, али зар сам могао из руку испустити *књигу?*

Од дрвета до дрвета, од хладовине до хладовине, свугдје сам се помало задржавао, листао буквар и улазио у један сасвим нови свијет, до тада невиђен, непознат ми колико и познат. Слова, слике, планине, ријеке, градови, села, фабрички димњаци, краве и овце на испаши и крај њих моји вршњаци! Шта све није стало на неколико десетина страница?!

Ђаци из мог села, с којима сам се заједно враћао из школе, већ су поодавно били одмакли, а ја то уопште нисам примијетио.

Кући стигох у сумрак и затекох уплакану мајку, забринутог оца и усплахирену баку. Нешто су ме питали, грдили, нудили храном, али ја их нисам чуо; и даље сам листао буквар, све док се из ближњих шумарака није искрала ноћ и обавила цијело двориште.

Ако изузмем мени тада неразумљиву књижурину без корица о настанку живота на Земљи, коју је отац донио из војске и чувао у војничком коферу, то је (у селу Шњеготина Горња, код Теслића, данас Република Српска, гдје сам рођен 19. јануара 1943. године) био мој први сусрет с *књигом*.

Од тада се непрекидно дружим с *књигама*. Чак сам почео и да их пишем, углавном за оне нешто старије. Кад су поодрасле, моје кћерке су се љутиле што не напишем нешто и за њих. Отац никада не смије дозволити да се дјеца љуте на њега, посебно се не смије догодити деди да изазове љутњу унука, па су тако настале и моје књиге за најмлађе.

Да није било оног давног септембарског дана, мајчиних суза, бакине усплахирености и очеве забринутости, вјероватно не би било ни ове књиге, у којој се девет бајки стопило у роман.

САДРЖАЈ

Ранко Павловић
ЗЛАТНОДОЛСКЕ БАЈКЕ

*

Главни уредник
НОВИЦА ТАДИЋ

*

Лектор
МИРОСЛАВА СТОЈКОВИЋ

*

Коректор
НАДА ГАЈИЋ

*

Издавач
ИП РАД
Београд, Дечанска 12

*

За издавача
СИМОН СИМОНОВИЋ

*

Штампа
Елвод-принт, Лазаревац

Библиотека „Алиса"

1. Божидар Пешев: *Исйод свиленог йлашйа*, песме
2. Татјана Цвејин: *Расйевани буквар*, песме
3. Весна Алексић: *Карйа за лейење*, роман
4. Божидар Мандић: *Ја сам ја*, песме
5. Добрашин Јелић: *Вичи йолако*, записи
6. Љубица Коцић: *Пеђино дейињсйво*, песме
7. Виолета Андревски: *Тајновийо шайуйање*, песме
8. Ђорђе и Јелена Оцић: *Речи у шейњи*, игроказ
9. Весна Алексић: *Звезда ругалица*, роман, награда „Нсвен" 1996. године
10. Љиљана Нинковић-Мргић: *Шейурење*, песме
11. Весна Алексић: *Месечев дечак*, роман
12. Светозар Влајковић: *Узлейање*, приче
13. Недељко Терзић: *Водени сай*, приче
14. Весна Алексић: *Ја се зовем Јелена Шуман*, приче, награда „Политикиног Забавника" за најбољу књигу за младе, 1998. године и награда „Доситејево перо"
15. Љиљана Грујић-Еренрајх: *Краљевске муке*, бајке
16. Жељко Тмушић: *Песме дечије и још нечије*, песме
17. Борка Живић: *Волим йе, са ове сйране огледала*, приче
18. Бранка Радовановић: *Нейричава*, легенде
19. Драгомир Ђорђевић: *Сейа ли се ико*, песме, награда „Политикиног Забавника" за најбољу књигу за младе, 1999. године
20. Јелица Веселиновић: *Злайна коса*, бајке
21. Драган Алексић: *Дворац у башйи*, приче
22. Божидар Пешев: *Легенда о Водгори*, роман
23. Олга Чоловић: *Вир*, роман
24. Горан Баић: *Облаци*, роман
25. Мирјана Булатовић: *Пойравни дом за родийеље*, песме
26. Јоланда Патераки: *Инйерйланейарна бајка*

CIP – Каталогизација у публикацији
Народна библиотека Србије, Београд

886.1-343.4

ПАВЛОВИЋ, Ранко

    Златнодолске бајке / Ранко Павловић ; [илустрације Ми-
лица Симојловић]. – Београд : Рад, 2001 (Лазаревац : Елвод-
-принт). – 115 стр. : илустр. ; 21 cm. – (Библиотека Алиса)

Слика аутора. – Прича о писцу: стр. 111–112.

ISBN 86-09-00745-6

ИД=92307468